先秦文學導讀 3

先秦諸子散文

吳宏一 編著

目錄

前言

吳宏一

一

我從小就喜歡讀書寫作，進入台大中文系以後，受到一些師長的鼓勵，更對中國文學產生濃厚的興趣。不但想將來以此做為謀生餬口的職業，而且還想以此做為終生努力的志業。

民國六十二年（一九七三）獲得國家文學博士、留校任教以後，我擬定了下列四個奮鬥的方向與目標：

一、撰寫學術論著。這是大學教師應盡的本分，對自己負責，要不斷有研究成果。不但要常發表單篇論文，而且每隔一段時間就應該出版專書著作。

二、加強學術普及。這是對學生及後學者負責，也是做為教師應盡的本分。《禮記．學記》說：「學然後知不足，教然後知困。」聞道固有先後，術業各有專攻，教與學本來就可以相長相濟。在這方面，教學、演講、座談之外，編寫深入淺出的大眾化普及讀物，應該是最宜採行的方式。

三、從事語文教育。這是對社會大眾負責，和前一項一樣，貢獻給教育界和文化界的另一種方式。這也是我個人遭逢的一種機緣。在我獲得博士、留校任教的同時，開始在國立編譯館實際參與中小學以及大專國語文教科書的編審工作。它讓我知道大中小學不同階段的語文教育，各有重點，也各有難處。從事的人不應妄自尊大，也不應妄自菲薄。

四、繼續文藝創作。這是我個人的興趣，從小就養成的，有的可以對外公開發表，有的只是自我心靈的寄託，「只可自愉悅，不堪持贈君」。

我希望自己不僅僅是個學者，同時，也是個作家。

二

以上四項，別的暫且不說，這裡只說與本書有關的第二項。

在編寫大眾化的學術普及讀物方面，從民國六十二年以後，我參與了不少公私機構有關中國文學以及中國文化叢書或套書的編撰工作。有的是主編，是策劃，有的還參與實際的撰稿。其中，有幾個是比較受人注意、印象比較深刻的。略加說明如下：

一、主編長橋出版社的「中國文學精選叢書」：《江南江北》（唐詩賞析）、《曉風殘月》（宋詞賞析）、《小橋流水》（元曲賞析）、《閒情逸趣》（明清小品賞析）。參與撰稿的朋友，有張夢機、顏崑陽、周鳳五、葉國良、呂正惠、何寄澎、洪宏亮、劉漢初、謝碧霞、劉翔飛、陳芳英、陳幸蕙等人。這套圖文並茂的賞析叢書，以詩歌為主，當時不僅在台灣風行一時，引起同類書籍出版的熱潮，在香港也曾出現盜印本（封面主編的姓名改為「吳宏」）。這套書版權後來由長橋負責人鄧維楨轉售給當時負責時報出版公司的高信疆夫婦，至今不知已再版多少次。由於我堅持不再掛名「主編」，如今很多讀者已不知此書與我有關。這套書觸發了我想整理中國古典詩歌系列的念頭。後來的《白話詩經》、《詩經新繹》，就是重新踏出的第一步。

二、譯注台灣新生報的《白話論語》。這是當時謝東閔副總統倡導家家讀《論語》、由新生報石永貴社長邀我白話直譯《論語》而促成的。《白話論語》一書，我幾個月內就完成全稿，由該社連載、出版。據石社長告訴我，該書銷售量達百版之多，後來還附加辜鴻銘的英譯《論語》，出版了中英對照本。這本書的暢銷，使我明白經典名著可以千古不朽的含意，也更加堅定了我用白話譯注整理中華文化古代典籍的信心。後來新繹「人生三書」：《論語新繹》、《老子新繹》、《六祖壇經新繹》，就是由此而起。

三、編著桂冠出版社的「先秦文學導讀」四冊。這是我整理「中國古典文學名著導讀」的開始。當時我在香港中文大學任教，編著時爭取出版的朋友頗有一些，最後我決定交給桂冠的賴阿勝先生，他的背後支持者是楊國樞教授。那時候，我想結合中國古典文學和傳統文化，從流傳後世的經典名著中，選些名篇佳作，大致依照時代的先後，經過整理，分類編輯。第一輯就稱為「先秦文學導讀」，分為《詩辭歌賦》、《史傳散文》、《諸子散文》、《神話寓言》四冊。

那時候，我雖然眼睛患了白內障及視網膜剝離，三次開刀，卻還同時負責主編了中山學術文化基金會的「中山文庫」人文類三十四種、黎明文化事業公司的「文學與思想叢書」十幾冊，和圖文出版社的「語文圖書館」中小學生讀物數十冊，等等，有的已涉及語文教育類，卷帙都很繁富可觀。記憶中還不止這些，就不一一贅舉了。量是夠多，忙是夠忙，但不管如何，我總堅守一個原則：我應該認真工作。對有意義的事，一次沒做好，我會繼續努力做。

古人說得好：「雖不能至，心嚮往之！」

三

「先秦文學導讀」四冊，一九八八年九月三十日由台北桂冠圖書公司出版。當時，我曾賦詩二首，七絕七律各一首，來抒寫我的欣喜之情。茲錄之如下：

（一）

每愛明清溯漢唐，忍看墳典竟淪亡？
不因病目傷零落，十載編成翰墨香。

（二）

十載編成翰墨香，書中至味不尋常。
守先唯是傳薪火，汲古何曾為稻粱。
左策莊騷無欲憾，詩書易禮細商量。
今朝了卻平生願，憑付旁人說短長。

由於編印精美，校對確實（多謝張寶三教授義務幫助），這套書初版四千套不久就銷售完了。後來桂冠結束營業，市面上開始出現盜印本。其間，有人知道我已收回版權，曾慫恿我修訂再版。像吳興文學弟就是其中熱心者之一。不過，我因為工作忙，從學校退休後，仍然一直忙於新的寫作計畫，所以不以為意。而且，真要修訂，其實也不容易。

我所有編著的學術普及讀物，上文說過，都堅守著一個原則。對讀者而言，它們不但要能增進學術知識，而且要能陶冶身心，做為修身處世的參考，最少也要有益於閱讀及寫作能力。在寫作體例方面，我也一直堅持著：版本要經過挑選，注解要力求簡明，翻譯要淺白、能直接對照原文，析論則須參考前人時賢的研究成果。最好還能說明時代的背景，以及作家作品的特色與價值，等等。

在這樣的自我要求下，修訂一套書，往往牽一髮而動全身，真是談何容易！因此這一次遠流出版公司有意重印這套書，經我考慮答應之後，與責任編輯曾淑正女士商議決定這樣處理：一、由我重新審閱全書，修訂文字；二、改動部分內容，略作調整補充，例如在《神話寓言．

山海經》中增加筆者近作〈讀山海經札記〉十五則；三、尊重版權新規定，刪去若干附錄，例如游國恩、傅斯年、沈剛伯、錢穆、陳大齊等人所作的參考論文。除此之外，在內容上可以說沒有什麼大的變動。

在我心目中，這些先秦文學的名篇佳作，雖然都是兩三千年前的古人所作，經歷的時間久遠了，時代的環境改變了，語言的習慣不同了，但經過注解、語譯、分析、說明後，他們的智慧和精神仍然可以保存下來，永遠有光輝，與我們同在。它們就像一串串珍珠一般，也許經歷的時間久了，有些塵汙晦暗，但經過擦拭，仍將恢復原來的光澤，值得大家欣賞。

四

我從小就喜歡弘一和尚李叔同的詩詞，愛唱他填詞的歌曲。除了「長亭外，古道邊。芳草碧連天」之外，我還記得他有一首短詩。

民國二十四年（一九三五）四月，他到惠安崇武淨峰寺為當地僧眾講演佛法，還種了菊花。十月下旬離開淨峰回泉州時，他留下〈淨峰種菊臨別口占〉五絕一首。詩前有序：「乙亥四月，余居淨峰。植菊盈畦。秋晚將歸去，猶復含蕊未吐。口占一絕，聊以志別。」詩是這樣寫的：

我到為植種，我行花未開。
豈無佳色在，留待後人來。

詩句簡短，造語平淡，但讀了卻令人覺得它蘊含禪趣，情味深長。我一直喜愛這首詩，現在發現它頗能反映我修撰此書時的心境，因此抄錄在這裡，權且做為前言的結語。

是的，「豈無佳色在？留待後人來！」

二〇一九年四月台北惜水軒

校後附記：六月中旬，此書遠流新版初校交稿後，即因上次視網膜手術扣鐶脫落，再度入住台大醫院開刀摘除。一切順利，目前正靜養中。主治楊長豪醫師在此書桂冠版出版時，尚為實習醫師，三十年來，已巍然成為眼科名醫矣。今使我有眼力能為此書二校排印稿，尤所感念，值得一記。真所謂歲月靜好，人間有情也。

二〇一九年七月十八日

編注凡例

一、「先秦文學導讀」所選以經典史籍中的名篇佳作為主，大致依時代先後分類編注，依序為《先秦詩辭歌賦》、《先秦史傳散文》、《先秦諸子散文》、《先秦神話寓言》四冊。

二、各冊選文不但注意韻文、散文之分，同時也考慮記敘、論說及各種應用文體文類的來歷。期使讀者對先秦文學的演進，有基本的認識。

三、所選作品，盡量顧及名著名家的特色、各種文體的演進，以及在文學史上的意義。尤以具有開創、影響等代表性的作品為優先。

四、各冊分若干單元，皆附解題。除詩歌類外，各篇體例皆依原文、注釋、語譯、析論為序，並視需要，附參考資料於後，供讀者參閱。

五、注解力求簡明，必要時才引錄原文或注明出處，凡有涉及尚未定案之爭論者，或介紹其中一二種說法，或闕其疑。

六、語譯以直譯為原則，析論則旨在提供閱讀方法，此與注文皆曾多方參考前人時賢研究成果，為避免繁瑣，不一一標出，非敢掠美。

【壹】

論語

《論語》解題

《論語》是記錄孔子及其弟子言行的一本書，由孔子的再傳弟子編輯而成。它是儒家的經典著作，也是對中國傳統文化影響最大的一本古籍。

孔子名丘，字仲尼，春秋時代魯國人。生於西元前五五一年，卒於西元前四七九年。他是我國古代一位偉大的教育家，曾對古代典籍做了系統的整理，標榜有教無類的教育精神，提倡克己愛人的仁道，是儒家學派的創始人。

《論語》這個名稱，最早見於《禮記》的〈坊記〉。漢初所傳的《論語》，有古論語、魯論語、齊論語之分。流傳下來的是魯論語的本子，另外兩種都失傳了。《論語》在古代，越到後來，地位越高。唐文宗時，它被視為經書，到了宋代的朱熹，把它和《孟子》、《大學》、《中庸》（後二者原來只是《禮記》中的兩篇），合為「四書」，並作集注，成為後世讀書人必讀的經典，也是古代科舉考試的官定讀本。

《論語》共二十篇，是語錄體，文字簡易，說理周融。通行的注本，有朱熹的《論語集注》、清代劉寶楠的《論語正義》等。今人楊伯峻的《論語譯注》和編者直譯的《白話論語》，則便於初學者。

校後補記：筆者《白話論語》已增訂為《論語新繹》，讀者可自行參酌。

論語選

論學

論語

一

子曰：「學而時習之，不亦說❶乎？有朋❷自遠方來，不亦樂乎？人不知而不慍❸，不亦君子❹乎？」

——〈學而〉第一

【注釋】

❶說：同「悅」，快樂，高興。

❷朋：指同學。古人稱「同門」叫「朋」，稱「同志」叫「友」。

❸慍（音「運」）：生氣，怨怒。

❹君子：泛指有道德修養、政治地位或社會地位的人。

【語譯】

孔子說：「學到的東西，還時時去溫習它，不也是快樂的事嗎？有同學從遙遠的地方來共同研究，不也是愉快的事嗎？別人不瞭解我，我卻不生氣，不也是君子嗎？」

二

子曰：「弟子❶入則孝，出則弟，謹❷而信，汎愛眾而親仁❸。行有餘力，則以學文❹。」

——〈學而〉第一

【注釋】

❶ 弟子：這裡指年紀幼小的人。

❷ 謹：小心，不多話。

❸ 仁：仁人的簡稱。

❹ 文：泛指古聖所傳的典籍。

【語譯】

孔子說：「青年學生，在家就要孝順父母，出外就要尊敬兄長，做事謹慎而且說話誠實，博愛群眾而且親近仁人。實踐這些道理，還有多餘的精力，才用來讀書。」

三

子夏❶曰：「賢賢易色❷，事父母能竭其力，事君能致❸其身；與朋友交，言而有信。雖曰未學，吾必謂之學矣。」

——〈學而〉第一

【注釋】

❶ 子夏：孔子弟子，姓卜，名商（西元前五〇七～四二〇年），魏國人，擅長文學。

❷ 賢賢：上「賢」字作「好」解，下「賢」字作「善行」解。易：交換，改變，這裡有輕視的意思。色：女色。

❸ 致：奉獻、犧牲的意思。

【語譯】

子夏說：「重視品德，忽略容貌；侍奉父母，能夠竭盡他的心力；侍奉君上，能夠犧牲他的生命；和朋友結交往來，說話能有信用。這樣的人雖然說沒有讀過書，我必定要說他是讀過書了。」

四

子曰：「君子食無求飽，居無求安，敏於事而慎於言，就有道而正焉，可謂好學也已。」

——〈學而〉第一

【語譯】

孔子說：「一個君子，飲食不要求滿足，居住不要求安逸，做事敏捷而且說話謹慎，接近有道德的人來端正自己，就可以說是好學的了。」

五

子曰：「學而不思則罔❶，思而不學則殆❷。」

——〈為政〉第二

【注釋】

❶ 罔：惘然、無所得的樣子。

❷ 殆：精神疲殆。

【語譯】

孔子說：「光讀死書，卻不用思想，便會沒有心得；光靠思想，卻拋開書本，便會白費心力。」

六

子曰：「君子博學於文，約❶之以禮，亦可以弗畔❷矣夫！」

——〈雍也〉第六

【注釋】

❶約：約束。

❷弗畔：不違背。畔：同「叛」。

【語譯】

孔子說：「君子能夠在知識上廣博地學習古代文獻，在行為上用禮儀約束自己，也就可以不違背正道了吧！」

七

子曰：「默而識❶之，學而不厭，誨人不倦，何有於我哉？」

——〈述而〉第七

【注釋】

❶ 識：誌、記的意思。

【語譯】

孔子說：「默默地記住所見所聞，學習能不厭煩，教誨別人不疲倦，這些事情有哪些我做到了呢？」

八

子曰：「學如不及❶，猶恐失之。」

——〈泰伯〉第八

【注釋】

❶學如不及：積極學習，好像怕來不及一般。

【語譯】

孔子說：「求學要好像怕來不及一般，學了還要怕忘記它。」

九

樊遲❶請學稼，子曰：「吾不如老農。」請學為圃，曰：「吾不如老圃。」樊遲出。子曰：「小人哉樊須也！上好禮，則民莫敢不敬；上好義，則民莫敢不服；上好信，則民莫敢不用情。夫如是，則四方之民襁負❷其子而至矣，焉用稼？」

——〈子路〉第十三

【注釋】

❶樊遲：孔子的弟子。姓樊，名須，字遲，也稱子遲。

❷ 襁負：用背巾背著。

【語譯】

樊遲請求學種田，孔子說：「我不如老農夫。」請求學種蔬菜，孔子說：「我不如老菜農。」

樊遲退了出去。孔子說：「小人物啊，樊須這個人！在上位的人愛好禮節，那麼人民就不敢不尊敬了；在上位的人愛好正義，那麼人民就不敢不服從了；在上位的人愛好誠信，那麼人民就不敢不用真心待人了。假使能夠這樣，那麼四方的百姓，都會用長的布帶背著他們的孩子來歸順了，何必自己種田呢？」

十

子曰：「古之學者為己，今之學者為人。」

——〈憲問〉第十四

【語譯】

孔子說：「古代的學者是為了充實自己，現在的學者是為了迎合別人。」

十一

子曰：「吾嘗終日不食，終夜不寢，以思，無益；不如學也。」

——〈衛靈公〉第十五

【語譯】

孔子說：「我曾經整天不吃飯，整夜不睡覺，去苦思問題，結果卻沒有好處；還是不如讀書的好。」

十二

子曰：「生而知之者，上❶也；學而知之者，次也；困而學之❷，又其次也；困而不學，民斯❸為下矣。」

——〈季氏〉第十六

【注釋】

❶ 這裡所謂「上」，和下面的「次」、「又其次」、「下」，都是說人們資稟高低的不同。

❷ 困：疑難，有所不通。困而學之：是說自知心有所蔽，因而努力學習。

❸ 斯：乃，就是。

【語譯】

孔子說：「生來就懂得道理的人，是上等人；學習以後才懂得道理的人，是次等人；遇見困難才去學習道理的人，是又次一等的人；遇見困難卻又不去學習的人，這種人就真是最下等的人了。」

十三

子曰：「由❶也，女聞六言六蔽❷矣乎？」對曰：「未也。」

「居❸，吾語女：好仁不好學，其蔽也愚；好智不好學，其蔽也蕩❹；好信不好學，其蔽也賊❺；好直不好學，其蔽也絞❻；好勇不好學，其蔽也亂；好剛不好學，其蔽也狂。」

——〈陽貨〉第十七

【注釋】

❶ 由：孔子弟子。姓仲，名由（西元前五四二～四八〇年），字子路，一字季路。魯國人，性情剛直。

❷ 女：同「汝」，你。六言：猶言六種美德，指下文所說的「仁、智、信、直、勇、剛」。六蔽：猶言「六病」，指下文所說的「愚、蕩、賊、絞、亂、狂」。

❸ 居：坐下。古人重視禮貌，長輩有所詢問時，都起身離座答覆，答覆完了，然後就坐。假若沒有答完，必須長輩命他坐下，才可就坐。

❹ 蕩：浮蕩，空疏。

❺ 賊：傷害，是說容易被利用。

❻ 絞：急，有操切的意思。

【語譯】

孔子說：「仲由呀，你聽過六種美德、六種弊病了嗎？」子路答道：「沒有。」

孔子說：「坐下來，我告訴你：喜歡仁道卻不喜歡學問，它的弊病是愚蠢；喜歡智慧卻不喜歡學問，它的弊病是空疏；喜歡信義卻不喜歡學問，它的弊病是傷害；喜歡忠直卻不喜歡學問，它的弊病是武斷；喜歡勇敢卻不喜歡學問，它的弊病是胡搞；喜歡剛毅卻不喜歡學問，它的弊病是狂妄。」

十四

子夏曰：「博學而篤志❶，切問而近思❷，仁在其中矣。」

——〈子張〉第十九

【注釋】

❶ 篤志：堅定志向。一說，篤：純；志：同「識」。

❷ 切問而近思：是說切實地提出問題，具體地從事思考。

【語譯】

子夏說：「廣博地學習卻能堅定志向，切實地發問卻能就近考慮問題，仁道就在這裡面了。」

析論

這裡論學之語共十四則，都選自《論語》一書。其中十二則是記孔子之言，兩則是記子夏之言，基本上都算語錄。

通常我們認字讀書或者學習技藝，都可以叫「學」。但儒家講的「學」，是「成德」之學，是講求怎樣成就自己的學問，所以特別注重道德的完成。不但要博學以文，而且要約之以禮。在儒家看來，道德實踐有時候比書本上的知識更重要。但是孔子因為主張「因材施教」，對不同的人，在不同的場合，關於人要怎樣成就自己的問題，就有種種不同的答覆。子夏也一樣。

本文十四則中，第一、第七、第八等三則，記錄孔子泛論為學的態度和情趣。第二、第三、第四、第六、第十三、第十四等六則，說明成德的工夫，包括知識、行為二者。知行要一致，才算完成了成德的工夫，也才近乎儒家所說的仁道。

關於儒家的「成德」之學，曾有人為此作了三點補充。

第一，儒家重視道德，所以把知識問題也收到道德問題的範圍裡來。這就是為什麼將「智」算作一種德性的理由。因此，知識的增進，也算是學。可是，這還是就「智」德的開展來講的。這個問題，越到後來的儒家，講得越明白。

第二，「學」在成德，而一種德性的成就，要以那個道德心作基礎；倘若沒在基礎上弄透徹，則糊糊塗塗去模仿任何一類善行，都是要出毛病的，這就是「六蔽」的意義。

第三，本來道德心即是仁心，但論六蔽時所說的「仁」，當作仁慈講，這在《論語》中，是一種特別的用法，讀者應該注意。

孔子與弟子言志

論語

子路、曾皙、冉有、公西華侍坐❶。

子曰：「以吾一日長乎爾❷，毋吾以也❸。居❹則曰：『不吾知❺也！』如或知爾，則何以❻哉？」

子路率爾❼而對曰：「千乘之國❽，攝❾乎大國之間，加之以師旅❿，因之以饑饉⓫。由也為之⓬，比及三年⓭，可使有勇⓮，且知方⓯也。」夫子哂之⓰。

「求，爾何如？」⓱

對曰：「方六七十⓲，如⓳五六十，求也為之，比及三年，可使足民⓴。如其禮樂㉑，以俟君子㉒。」

「赤，爾何如？」

對曰：「非曰能之，願學焉。宗廟之事㉓，如會同㉔，端章甫㉕，願為小相㉖焉。」

「點，爾何如？」

鼓瑟希[27]，鏗爾[28]，舍瑟而作[29]，曰：「異乎三子者之撰[30]。」

子曰：「何傷乎[31]？亦各言其志也。」

曰：「暮春[32]者，春服[33]既成。冠者[34]五六人，童子[35]六七人，浴乎沂[36]，風乎舞雩[37]，詠而歸[38]。」

夫子喟然[39]歎曰：「吾與[40]點也！」

三子者出，曾皙後[41]。

曾皙曰：「夫[42]三子者之言何如？」

子曰：「亦各言其志也已矣[43]。」

曰：「夫子何哂由也？」

曰：「為國以禮；其言不讓[44]，是故哂之。」

「唯求則非邦也與[45]？」

「安見方六七十，如五六十，而非邦也者！」

「唯赤則非邦也與？」

「宗廟會同，非諸侯而何？赤也為之小，孰能為之大[46]！」

【注釋】

❶子路：姓仲，名由，字子路，一字季路，少孔子九歲。見上篇。曾皙（音「西」）：名點，曾參的父親。冉有：姓冉，名求，字子有，也稱冉有。公西華：姓公西，名赤，字子華，也稱公西華。他們都是魯國人。侍坐：古時席地而坐，孔子坐在中間，他的弟子陪坐在旁邊。

❷以：因為。一日：表示年紀大不了多少，是孔子謙遜的說法。爾：你們。

❸以：通「已」，止的意思。是說不要因為我比你們年長，就不肯在我面前說話。一說，以：用，是說沒有人肯再用我了。

❹居：平時閒居在家。

❺不吾知：「不知吾」的倒裝，沒人了解我。

❻何以：「以何」的倒裝，拿什麼去應付的意思。

❼率爾：輕率的樣子。在孔子弟子中，子路的性情最率直。

❽千乘之國：古時諸侯封地百里，出車千乘，所以稱為千乘之國。

❾攝：夾，介。

❿加：含有侵犯的意思。師旅：軍隊的通稱。

⓫因之以饑饉：因為戰爭用兵影響了年歲荒歉的意思。五穀不熟叫做饑，菜蔬不熟叫做饉，合起來即指年收不好，沒有夠吃的東西。

⓬為之：治理它。

⓭比：近。比及三年：大約到了三年光景。

⓮有勇：人民有作戰的勇氣。

⓯知方：懂得道理。方：禮法，道理。

⑯ 哂（音「審」）：微笑，含有不以為然的意思。
⑰ 這是孔子說的話。記錄對話，往往為了免去重複，並不每句都說明是誰說的，但從語氣及語意，並參照上下文來看，都可以知道是誰的話。
⑱ 方六七十：土地方圓六七十里的小國。春秋時實行封建制度，因此小國甚多。
⑲ 如：這裡作「或」解。
⑳ 足民：使百姓足衣足食，生活富裕。冉有善於理財，所以這樣說。
㉑ 如：這裡作「至於」解。禮樂：指教化。
㉒ 以俟君子：是說等待能力比我強的君子來提倡。
㉓ 宗廟之事：指祭祀天地、祖先等事。一說，指朝聘。諸侯朝見天子叫朝，諸侯使大夫問候諸侯叫聘。
㉔ 如：作「或」解。會同：指諸侯朝見天子或互相聘問等事。一說，指諸侯之間的集會同盟。
㉕ 端：即玄端，古時的禮服。章甫：即緇布冠，古時的禮帽。
㉖ 小相：古時行祭禮或朝會時，贊助賓主行禮的官。相分三級，求願為小相，乃自謙之詞。
㉗ 瑟：古樂器。本為五十弦，後改為二十五弦，弦各有柱，可上下移動，以定聲之清濁高下。希：同「稀」。那時曾皙正在鼓瑟，聽見孔子問他，考慮如何回答，因而使手指慢了下來，瑟音漸稀。
㉘ 鏗（音「坑」）爾：放瑟的聲音。
㉙ 舍：放下。作：起立。
㉚ 撰：所發表的意見。一作「僎」，善言。
㉛ 何傷乎：有什麼妨礙呢？
㉜ 暮春：夏曆三月。
㉝ 春服：指單袷衣。春季天氣轉暖，應換袷衣。
㉞ 冠者：古時男子二十歲舉行冠禮，稱為成人。

㉟童子：指未成年的人。
㊱沂：水名，出山東鄒縣西北，流經曲阜，合洙水，入於泗水。當時孔子和其弟子都在曲阜。
㊲風：乘涼。舞雩（音「魚」）：古時求雨，必使男女童子舞蹈，叫做「舞雩」。舞雩之處，有壇墠樹木，可以休息，所以曾皙設想在沂水行禮浴罷回來，在舞雩的地方乘涼。
㊳詠：唱歌。歸：一作「饋」，酒食。
㊴喟（音「愧」）然：讚歎的聲音。
㊵與：贊同的意思。
㊶後：最後出去。
㊷夫：文言文中用的發語詞，也有指示的作用。
㊸已矣：罷了。
㊹讓：謙遜。
㊺唯：文言文中常用的發語詞。求：指冉有說的話。邦：國家。與：同「歟」，文言文中表疑問的語氣詞，用在句尾，相當於語體文的「嗎」字。此句以下，皇侃等人以為都是孔子的話。
㊻此二句是說：赤只能做小相，誰還能做大相！孔子以為公西華的話是謙遜之詞。

【語譯】

子路、曾皙、冉有、公西華四個學生，陪侍孔子坐著。

孔子說：「因為我的年紀比你們大個一兩天，你們可不要因為我這個樣子，就不肯說話了。一般人閒居時常說：『人家不知道我們的才能呀。』假使現在有人知道了你們的才能，那麼，你們將怎麼做呢？」

子路直率地就回答道：「一個擁有千輛戰車的國家，夾在大國的中間，又有軍隊來侵犯它，同時發生了饑荒；我仲由去治理它，等到三年光景，就可以使人民有鬥志，並且都懂得做人的道理。」孔子微微地笑他。

「冉求，你怎麼樣？」

冉有答道：「一個周圍六七十里，或者像只有五六十里的地方，我冉求去治理它，等到三年光景，就可以滿足人民的生活，至於禮樂教化這些事情，那就得等君子去做了。」

「公西赤，你怎麼樣？」

公西華答道：「我不敢說能夠治理它，只是願意學習學習。宗廟祭祀的事情，或是像朝見天子、報聘諸侯，穿著禮服，戴著禮帽，我願意做個贊禮的小相。」

「曾點，你怎麼樣？」

曾皙鼓瑟的聲音稀落下來，鏗的一聲，放下瑟，然後站起來，答道：「我和他們三個人所說的理想不一樣。」

孔子說：「有什麼要緊呢？也不過是各人談談自己的志趣。」

曾皙答道：「暮春三月的時候，春天的袷衣已經做好了，邀約五六個成年人，六七個少年人，一同到沂水去洗洗澡，到舞雩壇上去乘乘涼，然後唱著歌回來。」

老師喟然嘆道：「我同意曾點說的。」

另外三個學生都出去了，曾皙一個人最後走。

曾皙問孔子說：「他們三個人的話怎麼樣？」

孔子答道：「也不過是各人說出自己的志趣罷了。」

「老師為什麼笑仲由呢？」

「治理國家需要禮讓，他說話不謙遜，所以笑他。」

「那麼，冉求所說的就不是國家嗎？」

「哪能說周圍六七十里，或者五六十里的地方，就不是國家呢！」

「那麼，公西赤所說的就不是國家嗎？」

「宗廟祭祀、朝見報聘，不是諸侯國的事情，那又是什麼？公西赤說他只能做它的小相，那麼，還有誰能做它的大相呢！」

析論

這一篇選自《論語．先進篇》，是孔子和他四個弟子的談話紀錄，不但可以藉此看到儒家的政治抱負，同時也可以看到孔子循循善誘的教育方法。

這四個弟子雖然同時就學於孔子，但是因為他們的性格、習染各有不同，所以志願也就有了差異。子路、冉有、公西華三人所說的，都是想一旦用世，就大展所長，建立功名；曾皙所說的，卻是一個以禮樂相感，人我雙方暢然自適的理想境界，不但要給與他人生活上的享受、行為上的訓練，並且還要加以感化，使生活更為充實、更有意義。

我們應該了解，子路等三人的政治抱負，是難能可貴的，一點也沒錯；因此，孔子雖然沒有當面讚許，但應該也沒有批評的意思。人各有志，本來就不必強同。孔子教育學生，最重視因材施教，最能體貼各人的個性，因此他雖然讚許了曾皙，卻並不叫子路等三人向他看齊，等到曾皙問起來，他也只是說「亦各言其志也已矣」，可見他是多麼尊重別人的志願。笑子路，那是笑他說話不謙遜，並不是批評他的抱負不對。

不過，子路、冉有、公西華的政治抱負，要和曾皙所說的比較一下，事實上也就有了高下的差別。人的生活要過得美滿、幸福，而不感到空虛，自然不是單單國富民強、豐衣足食、懂得禮儀、知曉道理，就能辦得到的，還要在精神上使人得到舒適滿足，暢然自得，這樣才能獲得真正的快樂。或者可以說，一個國家不安定、人民不富足、行為不合禮的社會，是不能達到曾皙所說的那種境界。所以孔子特別讚許了曾皙的意見。有人把「毋吾以也」解釋為孔子不被人重用，而把他贊同曾皙的意見，說是他無以兼濟天下、退而自善其身的反映，實在是不必要的說法。

這一篇文章，是語錄體的記事文，以對話為主，敘述動作的地方不多，只有四個弟子的「侍坐」、孔子的「哂之」、曾皙的「鼓瑟希，鏗爾，舍瑟而作」，和「三子者出，曾皙後」等四處。這四處動作，也是為了對話而記錄的，所以只可算作對話的陪襯。本文雖然是以對話為主，可貴的是非常簡要明瞭，絕不拖泥帶水，我們可以從中學習文字精簡的方法。同時由於在對話中，用了很多不同的語氣，使文章顯得活潑生動，也充分表現出人物的個性和神態。例如從子路的「率爾而對」和所說的那段話中，我們就可以看出他爽直自負的性格；而冉有和公西華的話，卻又表現出他們是如何地謙遜謹慎，和子路說話的態度恰恰相反。寫曾皙動作的從容安閒，政治理想的陶然忘機，則用了「喟然」來形容孔子的讚歎。這些地方都寫得很傳神，增加了文章的感染力量。

【貳】墨子

《墨子》解題

墨子姓墨名翟，魯國人，一說是宋國人，生卒年月不詳。據後人考證，他做過宋國大夫，大約活動於戰國初年，在孔子之後、孟子之前。他是當時重要的思想家，也是墨家學派的創始人。

《墨子》一書，漢時有七十一篇，宋時還保存六十三篇，今存五十三篇。其中〈經上〉、〈經下〉可能是墨子自作，〈兼愛〉、〈非攻〉等篇則是弟子或後學者所記。書中〈尚賢〉、〈尚同〉、〈兼愛〉、〈非攻〉、〈節用〉、〈節葬〉、〈天志〉、〈明鬼〉、〈非樂〉、〈非命〉等篇，說明了他的思想主張。他的中心思想，可以說是「兼愛」和「非攻」，而「兼愛」更是他的最高理想。他反對儒家厚葬久喪等等繁文縟節，重現功利和實踐，抱著積極救世的精神，在政治上反對世族政權，主張「尚賢事能」，打破階級身分的限制。

他的學說，基本上代表庶民的利益，和儒家的學說相對立，而同時並稱顯學。他本人志在救世，善於製造器械，傳說他曾製造木鳶，能飛翔天空。他的弟子也都刻苦力行，嚴守紀律。他們重實踐，不重文采，組成帶有宗教色彩的政治團體，以「求興天下之利，除天下之害」。

《墨子》一書，文字樸實，條理謹嚴，很接近口語；比喻生動，邏輯性強，很有說服力。在先秦諸子散文中，具有獨特的風格。

清代中葉以前，研究《墨子》的人很少，此後校注論述的著作才慢慢多了起來。其中，俞樾的《墨子平議》和孫詒讓的《墨子閒詁》最為讀者熟悉。李漁叔的《墨子今註今譯》則便於初學者。

【墨子選】

兼愛上

墨子

聖人以治天下為事者也，必知亂之所自起，焉❶能治之；不知亂之所自起，則不能治。譬之如醫之攻❷人之疾者然：必知疾之所自起，焉能攻之；不知疾之所自起，則弗能攻。治亂者何獨不然❸！必知亂之所自起，焉能治之；不知亂之所自起，則弗能治。聖人以治天下為事者也，不可不察亂之所自起。

【注釋】

❶焉：作「乃」解。下文「焉能攻之」、「焉能治之」的「焉」同。

❷攻：治。

❸何獨不然：哪能單獨例外而不是這樣呢。不然：不如此。

【語譯】

聖人是以治理天下為職責的人，必須知道紛亂的根源所在，才能治理它；如果不知道紛亂的根源所在，就不能治理了。這就好像醫生的治人疾病一樣，一定要知道疾病的根源所在，才能醫治它；如果不知道疾病的根源所在，就不能醫治了。整頓紛亂，又何嘗不是這樣呢！一定要知道紛亂的根源所在，才能治理它，不知道紛亂的根源所在，就不能治理了。聖人是以治理天下為職責的人，不可以不考察紛亂的根源所在。

當❶察亂何自起？起不相愛。臣子之不孝君父，所謂亂也。子自愛不愛父，故虧❷父而自利；弟自愛不愛兄，故虧兄而自利；臣自愛不愛君，故虧君而自利；此所謂亂也。雖父之不慈❸子，兄之不慈弟，君之不慈臣，此亦天下之所謂亂也。父自愛也，不愛子，故虧子而自利；兄自愛也，不愛弟，故虧弟而自利；君自愛也，不愛臣，故虧臣而自利。是何也？皆起不相愛。

【注釋】

❶ 當：同「嘗」。
❷ 虧：損害。
❸ 雖：唯。慈：憐愛。

【語譯】

我曾經考察紛亂的起源，認為起源於人的不互相關愛。臣子對君父不孝順，這就是所謂亂了。子自愛而不愛父，所以損害父親而圖利自己；弟自愛而不愛兄，所以損害兄長而圖利自己；臣自愛而不愛君，所以損害君上而圖利自己；這就是所謂亂了。這就好像是，父不慈愛子，兄不慈愛弟，君不慈愛臣，這也同樣是天下的所謂紛亂呀。父自愛卻不愛子，所以損害兒子的利益以圖利自己；兄自愛卻不愛弟，所以損害弟弟的利益以圖利自己；君自愛卻不愛臣，所以損害臣下的利益以圖利自己。這是什麼緣故呢？都是起於不互相關愛。

雖至天下之為盜賊者亦然。盜愛其室，不愛其❶異室❷，故竊異室以利其室；賊愛其身不愛人，故賊人以利其身❸。此何也？皆起不相愛。

【注釋】

❶「其」字疑是衍文，應刪去。下文「不愛異家」、「不愛異國」等句應皆無「其」字。

❷異室：他人的家。

❸有人以為「不愛人」、「故賊人」兩句「人」下應有「身」字。見俞樾《墨子平議》。

【語譯】

雖然是推理到天下做盜賊的人，也是這樣。盜賊只愛自家，不愛別家，所以竊取別人以圖利自己；盜賊只愛自己，不愛別人，所以傷害他人以圖利自己。這是什麼緣故呢？都是起於不互相關愛。

雖至大夫之相亂家、諸侯之相攻國者亦然。大夫各愛其家，不愛異家，故亂異家以利其家；諸侯各愛其國，不愛異國，故攻異國以利其國。天下之亂物❶，具此❷而已矣。察此何自起？皆起不相愛。

【注釋】

❶ 亂物：猶言「亂事」。

❷ 具此：畢盡於此。

【語譯】

即使推而至於大夫的互相侵擾其家，諸侯的互相攻打其國，原因也是一樣。大夫各愛自己的家族，不愛別人的家族，所以擾亂別人的家族，來圖利自己的家族；諸侯各愛自己的國家，不愛別國，所以攻打別國，來圖利自己的國家。天下的各種亂事，全部都具備在這裡了。考察它們的起源，都是起於不互相關愛。

若使天下兼相愛，愛人若愛其身，猶有不孝者乎？視父兄與君若其身，惡❶施不孝？猶有不慈者乎？視弟子與臣若其身，惡施不慈？故不孝不慈亡❷有。猶有盜賊乎？故❸視人之室若其室，誰竊？視人身若其身，誰賊❹？故盜賊亡有。猶有大夫之相亂家、諸侯之相攻國者乎？視人家若其家，誰亂？視人國若其國，誰攻？故大夫之相亂家、諸侯之相攻國者亡有。若使天下兼相愛，國與國不相攻、家與家不相亂，盜賊亡有，君臣、父子皆能孝慈，若此則天下治。

【注釋】

❶ 惡（音「烏」）：作「何」解，怎麼。

❷亡：同「無」。

❸清孫詒讓《墨子閒詁》疑「故」字為衍文。

❹賊：殘害。

【語譯】

如果使天下的人都能彼此互相關愛，愛他人如同愛自己一樣，還會有不孝的人嗎？看待父兄和君上都如同自己一樣，哪裡會去做不孝的事？還會有不慈的人嗎？看待子弟和臣下就如同自己一樣，還哪裡會去做不慈的事？所以不孝不慈都沒有了，還會有盜賊嗎？因此看待別人的家就如同自己的家一樣，誰還去偷竊？看待別人的身體就如同自己的身體一樣，誰還去傷害？所以盜賊都沒有了，還會有大夫互相亂家、諸侯互相攻國的事情嗎？看待別人的家就如同自己的家一樣，誰再去亂？看待別人的國就如同自己的國一樣，誰再去攻？所以像大夫的互相亂家、諸侯的互相攻國，這種事情都不會有的了。假使天下的人都能彼此相愛，國與國不相攻打，家與家不相侵凌，盜賊沒有了，君臣父子間都能孝順慈愛，這樣的話，天下就太平了。

故聖人以治天下為事者，惡得不禁惡而勸愛❶！故天下兼相愛則治，交相惡則亂。故子墨子❷曰「不可以不勸愛人」者，此也。

【注釋】

❶「惡得」的「惡」（音「屋」）作「何」解；「禁惡」的「惡」（音「物」）作「仇恨」解。勸：勉勵，鼓勵。

❷子墨子：上「子」字是弟子用以尊其師的敬稱。

【語譯】

因此，聖人是以治理天下為職責的人，怎麼可以不禁止互相憎恨，而勸導互相親愛呢？也因此，天下的人能互相親愛，就會太平；互相憎惡，就會紛亂。所以墨子說「不可以不勸勉去關愛別人」的道理，就在這裡呀。

析論

這篇〈兼愛〉選自《墨子》。〈兼愛〉是墨子學說的重心所在，分為上中下三篇，文字大同小異，各自成篇。上篇闡述兼愛的理論依據，中下兩篇則列舉例證，說明

「興天下之利，除天下之害」的道理。這裡選的是上篇。

事實上，在《墨子》書中，除〈兼愛〉之外，〈尚賢〉、〈尚同〉、〈非攻〉、〈節用〉等題，也都分上中下三篇。據《韓非子．顯學篇》說，墨子死後，墨家分為鄧陵氏、相夫氏、相里氏三派。有人以為一題三篇的原因，就是這三派對墨子所論，各記所聞而形成的。通常，在三篇之中，上篇最稱簡要。

〈兼愛〉上篇的主旨，闡明兼愛之說，也就是篇中所謂「不可以不勸愛人」的道理。墨子以為：要治理天下，必須考察天下所以紛亂的原因。他說：天下所以紛亂，是由於人不相愛。兒子不愛父親，故損父親以自利；弟弟不愛兄長，故損兄長以自利；臣子不愛君主，故損君主以自利。反之亦然。然後進一步推論，盜賊愛自己的家室不愛別人的家室，愛自身而不愛別人，所以殺害別人以圖利自己。最後再進一步推論，大夫的相亂，諸侯的相攻，也都是由於他們愛自己的家國，而不愛別人的家國所造成的。層層推進，言之成理。文章至此而筆勢一轉，從正面去肯定「兼相愛」的價值，他說：若是天下之人都「兼相愛」，愛人如同愛自己，那麼，也就沒有不孝不慈了，也就沒有盜賊了，也就沒有大夫互相亂家、諸侯互相攻國了。天下亂事都沒有了，天下就太平了。這樣看來，天下「兼相愛」就安定，「交相惡」就紛亂，所以他主張「不可以不勸愛人」。

全文分為六段。現在簡述分段大意如下：

第一段，自「聖人以治天下為事者也」到「不可不察亂之所自起」，說明整頓紛亂，必須找出紛亂的原因。

第二段，自「當察亂何自起」到「是何也？皆起不相愛」，說明君臣父子兄弟之間的紛亂，都是起因於不相愛。

第三段，自「雖至天下之為盜賊者亦然」到「此何也？皆起不相愛」，說明盜賊的產生，也是起於不相愛。

第四段，自「雖至大夫之相亂家」到「察此何自起？皆起不相愛」，說明大夫之相亂家，諸侯之相攻國，也都起因於不相愛。以上三段分別從不同層次來說明一切紛亂，皆起於不相愛。

第五段，自「若使天下兼相愛」到「若此則天下治」，說明能「兼相愛」則天下太平。

第六段，自「故聖人」到「不可以不勸愛人者，此也」，是結論，說明兼愛是治亂的根本。

文章反覆說明，文字樸賞，造句淺顯，層次分明，這就是墨家重實用而不重文采的風格。此外，《墨子》的〈兼愛〉、〈非攻〉等篇，篇幅較長，而且有了標題，雖然和《論語》同是語錄，但已經可以看出它在散文史上的發展。

非攻上

墨子

今有一人，入人園圃，竊其桃李，眾聞則非❶之，上為政者得❷則罰之。此何也？以虧人自利也。至攘人犬豕雞豚者❸，其不義又甚入人園圃竊桃李。是何故也？以虧人愈多，其不仁茲❹甚，罪益厚。至入人欄廄❺、取人馬牛者，其不仁義又甚攘人犬豕雞豚。此何故也？以其虧人愈多。苟虧人愈多，其不仁茲甚，罪益厚。至殺不辜人❻也，扡❼其衣裘、取戈劍者，其不義又甚入人欄廄、取人牛馬。此何故也？以其虧人愈多。苟虧人愈多，其不仁慈甚矣，罪益厚。當此❽，天下之君子皆知而非之，謂之不義。今至大為攻國❾，則弗知非，從而譽之，謂之義。此可謂知義與不義之別乎？

【注釋】

❶ 非：批評，攻擊。
❷ 上為政者：在上位的執政者。得：捕獲。
❸ 攘：偷盜。豚：小豬。

❹茲：同「滋」，更加。
❺欄廄：養牛馬的柵欄和屋舍。欄：同「闌」。
❻不辜人：無罪的人。
❼扡：同「拖」，奪取。
❽當此：對於這個。
❾今至大為攻國：根據後文，有「今至大為不義，攻國」之句，畢沅以為此處脫落「不義」二字。此句是說：如今甚至於大行不義之事，攻取別人的國家。

【語譯】

現在有一個人，進入別人的園圃，偷竊別人的桃子和李子，眾人聽到了，就必定說他不對，被在上面執政的人捉到了，就必定要處罰他，這是為什麼呢？因為他損害別人、謀利自己。至於偷盜別人的狗豬雞豚，他的不義又超過了到別人園圃裡去偷桃李。這是什麼緣故呢？因為他損害別人更多。只要他損害別人更多，他的不仁也就更大，罪過也就更重了。至於到別人的牛欄馬廄裡，偷取別人的牛馬，他的不仁不義又超過了偷盜別人的狗豬雞豚。這是什麼緣故呢？因為他損害別人更多。只要損害別人更多，他的不仁也就更大，而罪過也就更重了。至於妄殺無辜的人，奪取他的皮衣，搶走他的戈劍，他的不義又超過了到別人的牛欄馬廄裡，偷盜別人的牛馬。這是什麼緣故呢？因為他損害別人更多了。只要損害別人更多，他的不仁也就更大，罪過也就更重了。對於這個人，天下的君子都知道要反對他，稱他不義；但是現在到了大為不義，去攻打別人的國家，大家卻不知道反對，反而跟著別人去讚美他，稱他合乎義，這樣能算是知道義與不義的分別嗎？

殺一人，謂之不義，必有一死罪矣❶。若以此說往❷，殺十人十重❸不義，必有十死罪矣；殺百人，百重不義，必有百死罪矣。當此，天下之君子皆知而非之，謂之不義。今至大為不義，攻國，則弗知非，從而譽之，謂之義。情❹不知其不義也，故書其言以遺後世，若知其不義也，夫奚說❺書其不義以遺後世哉？

【注釋】

❶ 必有一死罪矣：必然構成一條死罪了。有：得、構成的意思。
❷ 若以此說往：如果按照這個說法類推。往：類推。
❸ 十重：十倍，十層。
❹ 情：作「誠」解，猶言「果真」。
❺ 奚說：還有什麼理由來解說。

【語譯】

殺死一個人，說他不義，必然構成一個死罪了；假使按照這種說法來推論，殺死十個人，是十重不義，必定構成十個死罪了；殺死一百人，是百重不義，必定構成百個死罪了。對於這個人，天下的君子都知道要反對他，稱他為不義。但是現在到了大為不義，去攻打別人的國家，大家卻不知道反對，反而跟著別人去讚美他，稱他合乎義。這實在是不知道他的不義啊，所以才寫下他不義的言論，來傳給後世。倘若知道這是不義的事情，那有什麼理由寫下這些不義的事情，來傳給後世呢？

今有人於此，少見黑曰黑，多見黑曰白，則以此人不知白黑之辯矣❶；少嘗苦曰苦，多嘗苦曰甘，則必以此人為不知甘苦之辯矣。今小為非，則知而非之；大為非，攻國，則不知非，從而譽之，謂之義，此可謂知義與不義之辯乎？是以知天下之君子也，辯義與不義之亂❷也。

【注釋】

❶ 孫詒讓以為「則」下當有「必」字，「人」下當有「為」字。白黑之辯：白和黑的區別。辯：分別。

❷ 亂：指顛倒是非，即以不義為義。

【語譯】

現在假如有一個人在這裡，看見少許黑色，就說是黑的，多見些黑色，反而說是白的，大家必定以為這人不知道黑白的分別了；少嘗一點苦味，就說是苦的，多嘗一些苦味，反而說是甜的，大家必定以為這人不知道甘苦的分別了。現在稍稍犯了錯，大家都知道反對他；但是大大犯了錯，去攻打別人的國家，大家卻不知反對，反而跟著別人去讚美他，稱他為義，這樣可以算是知道義與不義的分別嗎？由此可知天下的君子呀，辨別義與不義是這樣的混淆呀。

析論

春秋戰國時期，諸侯各國為了爭權奪利，互相攻伐，這就是孟子所說的「爭城以戰，殺人盈城；爭地以戰，殺人盈野。」而且利害攸關，往往是非不分，像《莊子·胠篋篇》所說的竊鉤者誅，竊國者侯，也所在多有，因此，天下大亂，生民塗炭。墨子生當亂世，志在救人，所以極力主張兼相愛、交相利，反對戰爭，以安定天下。顯然他富有同情人民的博愛精神。

「兼愛」是墨子學說的中心思想，也是「非攻」的理論依據。兼愛旨在袪除心理的自私，非攻則旨在反對戰爭的不義。像〈兼愛〉一樣，〈非攻〉原來也有三篇，上篇說明侵略的不義，中下二篇則陳述攻國的不利。本文選的是上篇。

第一段，自「今有一人」到「此可謂知義與不義之別乎」，指出竊盜侵略的本質，說明虧人越多，其不仁滋甚、罪益厚的道理。文章以淺近的比喻，層層深入，富邏輯性，由此推彼，由小至大，來說明「攻國」的不義。它先從一些為人所熟知的事情談起。入人園圃，竊人桃李，是不義的、有罪的；入人欄廄，取人馬牛，也是不義的、有罪的；妄殺無辜，取人衣物，更是不義的、有罪的。這些都是大家公認的道理。墨子藉此來申論，攻國殺人發動戰爭，是不是也不義、有罪呢？墨子就採用如此類推的方法，由小偷和盜賊推論到諸侯，認為小偷、盜賊以至諸侯所做的，都是為了「虧人以自利」；而且虧人越多的，罪惡越大。因此獲得了一個結論：攻國是大大的「不義」。文章以反問句作結，更能引人深思。

第二段，從「殺一人」到「夫奚說書其不義以遺後世哉」，作者進一步指出發動戰爭的不義，並譴責當時一些不辨是非的人。本段仍用類推法來推論：殺一人得一死罪，殺十人應得十死罪，由此推論到攻國殺人者，是不義的，所以主張非攻，並對不辨是非、歌頌戰爭的人加以譴責。

第三段，自「今有人於此」到文章末尾，作者進一步批評那些不分是非、歌頌不義戰爭的人，文章以分不清黑白甘苦作比喻，尖銳地批評了那些歌頌「攻國」為正義的「君子」。

戰國時代，諸子並起，百家爭鳴，競爭非常激烈，任何學派要發表學說，都不免採取論辯的形式，加上當時書寫工具進步，因而使文體得到很快的進展，由簡短的記言一變而為詳盡的敘述，像本文就是一篇剖析剴切的論說文。

公輸盤

墨子

公輸盤❶為楚造雲梯❷之械，成，將以攻宋。子墨子聞之，起於齊❸，行十日十夜而至於郢，見公輸盤。

公輸盤曰：「夫子何命焉為❹？」子墨子曰：「北方有侮臣，願藉子殺之❺。」公輸盤不說❻。子墨子曰：「請獻十金❼。」公輸盤曰：「吾義固不殺人❽。」

子墨子起，再拜，曰：「請說之❾。吾從北方，聞子為梯，將以攻宋。宋何罪之有？荊國❿有餘於地而不足於民，殺所不足而爭所有餘，不可謂智⓫；宋無罪而攻之，不可謂仁；知而不爭⓬，不可謂忠；爭而不得⓭，不可謂強；義不殺少而殺眾，不可謂知類⓮。」公輸盤服。

【注釋】

❶ 公輸盤：姓公輸，名盤。盤，一作「般」或「班」。魯國人，因此也稱魯般（或魯班）。

❷ 雲梯：攻城的器械。稱為雲梯，是用來形容它高入雲空。

❸ 起於齊：畢沅據《呂氏春秋．愛類篇》說應作「自魯往」。吳毓江《墨子校注》以為「起於」下脫「魯」字，而「齊」字屬下句；齊：疾，齊行即疾行。可備一說。

❹ 何命焉為：有何指教的意思。

❺ 有侮臣：指有侮臣者。省一「者」字。藉：借。

❻ 說：同「悅」。

❼ 十金：應作「千金」。古代以金一鎰為一金，一鎰為二十兩。

❽ 吾義：我講道理。固：絕對，堅決。一說，本來。

❾ 請說之：請求有所陳說，願意說明它的道理。

❿ 荊國：即楚國。

⓫ 所不足：指人民。所有餘：指土地。此二句是說：殺死了本來就嫌少的人民，而去爭奪本來就多餘的土地，不可叫做聰明。

⓬ 爭：同「諍」，諫止。

⓭ 不得：沒有達到目的。

⓮ 不可謂知類：不可以說是知道類推事理。

【語譯】

公輸盤為楚國製造雲梯的器械，已經完成了，準備用來攻打宋國。墨子聽到了，從齊（魯）國出發，走了十天十夜，到達楚都郢城，去見公輸盤。

公輸盤說：「夫子有什麼事指教呢？」墨子說：「北方有人侮辱我，希望藉你的手去殺掉他。」公輸盤不高興。墨子說：「我願意奉送黃金二百兩。」公輸盤說：「我講道理，絕對不殺人。」

墨子起身，再拜說道：「我願意說說這個道理。我在北方聽說你造了雲梯，準備用來攻打宋國。宋國有什麼罪過呢？楚國的土地有餘，而人民不足。殺傷自己不足的人民而去爭奪那有餘的土地，不可以說是聰明。宋國沒有罪過，卻平白去攻打它，不可以說是仁慈。知道不對，卻不肯去諫止，不可以說是忠心。勸諫卻沒有達到目的，不可以說是剛強。講道理不殺少數卻殺群眾，不可以說是知道推論事理。」公輸盤折服了。

子墨子曰：「然乎？不已乎❶？」公輸盤曰：「不可。吾既已言之王矣。」子墨子曰：「胡不見我於王❷？」公輸盤曰：「諾。」

子墨子見王，曰：「今有人於此，舍其文軒❸，鄰有敝轝❹，而欲竊之；舍其錦繡，鄰有短褐❺，而欲竊之；舍其粱肉❻，鄰有穅糟，而欲竊之。此為何若人❼？」王曰：「必為❽竊疾矣。」

子墨子曰：「荊之地，方五千里，宋之地，方五百里，此猶文軒之與敝轝也；荊有雲夢❾，犀兕麋鹿滿之，江漢❿之魚鼈黿鼉為天下富，宋所為無雉兔狐狸者也⓫，此猶粱肉之與穅糟也；荊有長松文梓楩柟豫章⓬，宋無長木，此猶錦繡之與短褐也。臣以三事⓭之攻宋也，為與此同類，臣見大王之必傷義而不得。」

王曰：「善哉！雖然，公輸盤為我為雲梯，必取宋。」

【注釋】

❶ 然：是，同意。不已：不停止。歷來多說上「乎」字應作「胡」，而斷句為「然，胡不已乎？」似不必要。

❷ 見（音「現」）：推薦，介紹。見我於王：何不介紹我給王呢。王：當指楚惠王。

❸ 舍：同「捨」。文軒：有彩飾的車子。

❹ 轝：同「輿」，車子。敝轝：破車。

❺ 短（音「術」）：「裋」的借字。短褐：粗布短襖，窮人所穿的衣服。

❻ 粱：小米，是北方的主要糧食。小米飯和肉是富貴人家的食品。

❼ 何若人：什麼樣子的人。

❽ 「必為」下似脫「有」字。

❾ 雲夢：楚國大澤名。

❿ 江漢：長江、漢水。

⓫ 為：通「謂」。狐狸：一作「鮒魚」。

⓬ 文梓：文理緻密的梓樹。楩（音「駢」）：木名。枏：同「楠」，即今楠木。豫章：樟樹。這些都是高大成材的樹木。

⓭ 三事：指上文所說的三個比喻。有人以為「三事」應作「王吏」或「三吏」，似不必。

【語譯】

墨子說：「說對了吧？還不肯停止嗎？」公輸盤說：「不行！都已經對楚王說過了。」墨子說：「何不引薦我去見見楚王？」公輸盤說：「好。」

墨子見了楚王，說道：「現在假設有一個人在這裡，拋棄他自己的漂亮車子，鄰家有一輛破車，他卻想去偷它；拋棄他自己的錦繡衣服，鄰家有一件短襖，他卻想去偷它；拋棄他自己的黃粱肥肉，鄰家有一些糟糠，他卻想去偷它。這是什麼樣的人呢？」楚王說：「一定是有偷竊的毛病了。」

墨子說：「荊楚的土地，方圓五千里；宋國的土地，方圓五百里，這就好像是文軒和破車的比較了。荊楚有雲夢大澤，犀兕麋鹿充斥其間，長江、漢水的魚鱉黿鼉，是天下最富有的；宋國是所謂沒有雞兔狐狸的國家，這就好像是粱肉和糟糠的比較了。荊楚有長松、文梓、楩枏、豫章，宋國沒有高大的樹木，這就是錦繡和短褐的比較了。臣下以為為了這三件事情去攻打宋國，和這個情形相類似。臣下以為大王必定會損傷道義，而沒有收穫。」

楚王說：「對呀！雖是如此，但公輸盤已經為我造好雲梯，我一定要去攻打宋國。」

於是見公輸盤。子墨子解帶為城，以牒❶為械，公輸盤九❷設攻城之機變❸，子墨子九距❹之，公輸盤之攻械盡，子墨子之守圉❺有餘。公輸盤詘❻，而❼曰：「吾知所以距子矣，吾不言。」子墨子亦曰：「吾知子之所以距我，吾不言。」

楚王問其故。子墨子曰：「公輸子之意，不過欲殺臣。殺臣，宋莫能守，乃可攻也。然臣之弟子禽滑釐等三百人，已持臣守圉之器，在宋城上，而待楚寇❽矣。雖殺臣，不能絕也。」楚王曰：「善哉！吾請無攻宋矣。」

【注釋】

❶ 牒：小木札。本字當作「梜」（音「夾」）。梜：筷子。

❷ 九：表示多數，不必確指實際的次數。

❸ 機變：機巧變化。

❹ 距：同「拒」，抵禦。

❺ 守圉：守禦。

❻ 詘（音「屈」）：同「屈」，挫敗。

❼ 而：作「乃」講。

❽ 寇：侵略。待楚寇：等待楚國的入侵。

【語譯】

於是去見公輸盤，墨子解下衣帶當作城牆，取些小木札當作守城的器械，公輸盤九次設下了攻城的機變，墨子九次抵禦了他。公輸盤攻打的器械用完了，而墨子的防守還有餘力。公輸盤挫敗了，就說：「我知道怎樣對付你了，我不說出來。」墨子也說：「我知道你要怎樣對付我了，我也不說出來。」

楚王問他是什麼緣故。墨子說：「公輸子的意思，不過是要殺掉臣下。殺了臣下，宋國沒人能守，就可以進攻了。然而臣下的弟子禽滑釐等三百人，已經拿著臣下守禦的器械，在宋國的城牆上，等待楚兵的入侵了。即使殺了臣下，也不能阻止他們了。」楚王說：「好吧！我答應不去攻打宋國了。」

子墨子歸，過宋。天雨，庇其閭❶中，守閭者不內❷也。故曰：「治於神者，眾人不知其功；爭於明者，眾人知之❸。」

【注釋】

❶ 庇：遮蔽。閭：古代二十五家為里，里門叫「閭」。

❷ 內：與「納」同。古代國家遇有重大的事故發生，便叫人民各自把守里門，等待命令。這時楚國將要攻宋，宋人已經知道，下令把守里門，他們怕墨子是間諜，因此不准許他進去。

❸ 此四句是說：靠良心在暗中安定天下的人，大家不知道他的功勞；而賣力在明處表現智慧的人，人們才知道他。

【語譯】

墨子回來，經過宋國，天正下雨，墨子躲避到宋國的一個里門內，防守里門的人不肯收留他。所以說：「在暗中盡心為善的，眾人都不知道他的功勞；在明處爭相表現的，眾人卻都知道他。」

析論

〈公輸盤〉一篇，選自《墨子》。記敘墨子阻止公輸盤為楚攻宋的故事，從中可以看出墨子非攻主張的具體事實，也可以看出墨家的實踐精神。

全文可以分為四大段。

第一大段，從文章開頭到「公輸盤服」為止，記敘墨子折服公輸盤的經過。公輸盤是巧匠，能製造很多奇巧的器械。有句成語：「班門弄斧」，意思是說在魯班門前玩弄斧頭，比喻在專家面前賣弄自己的小聰明，有不自量力的意思。魯班，就是公輸盤的別名。

楚國欲打宋國，宋國閉城嚴守，因此，楚國重金請來名聞天下的巧匠公輸盤製造雲梯，以便攻宋登城之用。雲梯已經製造好了，眼看一場血腥戰爭即將爆發。就在這時候，一向主張兼愛非攻的墨子，聽到了這個消息，連忙日夜兼程，花了十天的時間，趕到楚都郢城，來見公輸盤，希望阻止這件事情。

墨子善於取譬說理。他認為公輸盤製造雲梯，為楚攻宋，等於助紂為虐，是不義的行為，但他卻不事先點破，而說是想借公輸盤之手，去殺一個人，並且願意以金相酬。公輸盤起初不了解他的用意，所以不高興地說：「吾義固不殺人。」這時候，墨子才說明來意。他從戰爭必定傷人的本質說起，從「宋何罪之有」來說明楚國攻宋的不義；在這樣的前提之下，來責備公輸盤不智、不仁、不忠、不強，甚至不「知類」。為墨子去殺一個人，尚且顧義而不為，又怎麼能為楚國造雲梯，間接去殺害很多無辜的人呢？

「公輸盤服」，說明公輸盤終於被墨子的說辭折服了。

第二大段，從「子墨子曰：然乎？不已乎？」到「必取宋」為止，記敘墨子去見楚王並加遊說的經過。

前一大段說公輸盤被墨子折服了，但是，也只是被墨子的說辭折服了，在行動上，他仍然不肯違背和楚王的約定。所以，墨子要求他引薦去見楚王。

墨子見了楚王，仍然和第一大段一樣，先取譬喻，後說道理。他先假設有這樣的人：自己有文軒，卻去偷鄰居的敝輿；自己有錦繡，卻去偷鄰居的短褐；自己有粱肉，卻去偷鄰居的糟糠。然後他問楚王說：「此為何若人？」楚王像前一大段的公輸盤一樣，起初也不明其意，所以回答說：「必為竊疾矣。」有人以為「必為」下，應有一「有」字，句子才通順。《戰國策．宋策》〈公輸般為楚設機〉一文，即有此句。不過，筆者以為原句並無不妥，真要增字改動，則「竊疾」底下也應加個「者」字，語氣才更順暢些。

墨子在楚王同意他的所設譬喻之後，就像上文一樣，分別從不同的三個方面，來說明楚將攻宋的「傷義而不得」。他把土地、食物、器材三方面和前面設譬的車子、食物、衣服三方面連在一起，來說明楚之攻宋，一樣是以眾欺寡，捨美取醜，「必為竊疾矣」。

墨子層層推進的說理，同樣折服了楚王。但是，楚王也像公輸盤一樣，理論上是服了，而行動上卻仍然是箭在弦上，不得不發，聲明「必取宋」。

這一大段說明墨子雖然以理折服了公輸盤和楚王，但對即將發生的戰爭，事實上並無遏止的實效。〈非攻〉上篇說：「今小為非，則知而非之；大為非，攻國，則不知非」，在這裡，我們找到了實證。

第三大段，從「於是見公輸盤」到「吾請無攻宋矣」為止，記敘墨子「解帶為城，以牒為械」，用沙盤推演的形式，來說明楚之攻宋，必將無功而返。

墨子因為看到公輸盤不願放棄他所發明的雲梯，楚王不願放棄侵略宋國的機會，所以，只好在器械的應用上，來跟公輸盤決一高下。根據《韓非子・外儲說》的記載，墨子善於製造器械，他曾製過大軏、木鳶。所以，他雖然知道「兵者為凶器」，也只好「不得已而用之」了。

「解帶為城，以牒為械」，「公輸盤九設攻城之機變，子墨子九距之」，這些描寫，事實上，也就是楚宋戰爭的縮影。結果號稱天下巧匠的公輸盤，竟然「輸盤」了，敗在墨子的手下。連他想殺害墨子的心意，也被墨子窺破了。這段描寫，是不是出於墨子弟子或後學者的渲染，我們不敢說，但墨子的巧為器械，應該是可信的。

《戰國策・宋策》裡，有一則「公輸般為楚設機」的故事，內容和本文大同而小異，但故事寫到相當於本文的第二大段，就說楚王被墨子說服了，不再攻打宋國。

《戰國策》記策士言行，當然側重策士遊說的成效，而墨者身體力行，多能「鄙事」，除了闡揚墨子學說之外，自然也要闡揚一下墨子的巧於器械。《戰國策》和《墨子》記載的不同，或許就是由此而來。

這一大段分別從公輸盤和楚王兩方面，來說明他們在行動上也被墨子折服了。公輸盤多次設械攻城，墨子不但多次抵拒，而且還「守圉有餘」；楚王雖欲攻宋，墨子不但告訴他已窺破公輸盤的詭計，而且還告訴他已派弟子禽滑釐等三百人，持械防禦宋國。在這種情況下，楚王只好宣布：「吾請無攻宋矣。」

最後一段，寫墨子阻止了楚國攻宋，可是成功之後，當他路過宋國時，為了避雨，竟然吃了閉門羹。宋國看守里門的人，因為還在備戰狀態之中，所以對於陌生的客人墨子，不肯開門收納。作者藉此來說明墨家為善不求人知的高貴情操。

本段最後四句是說：暗中盡心為善的人，大家往往不知道他的功勞，而明處爭相表現的人，卻常常被人稱讚。言下頗致感慨，也使讀者讀了全文之後，覺得餘音不已，覺得人生實難了。

【參】

商君書

《商君書》解題

《商君書》，相傳是商鞅所著。商鞅是戰國時代傑出的政治家，姓公孫，名鞅。他本來是衛國人，因為在衛國等國不得任用，又聽說秦孝公訪求賢能，所以西入秦國，求見孝公，得到了信任，在秦國推行新法，奠定秦國富強的基礎。因為有功，被封在商（今陝西商縣東），號為商君，世稱商鞅。秦孝公死後，他被秦國貴族殺害。他的著作，有《商君書》。據《漢書》著錄，原有二十九篇，現存二十四篇。不過，現在流傳的《商君書》，恐怕也是出於後人的附益，並非全出於商鞅之手。

《商君書》，以嚴萬里的校本、朱師轍的《商君書解詁》，最為讀者所知。

【商君書選】

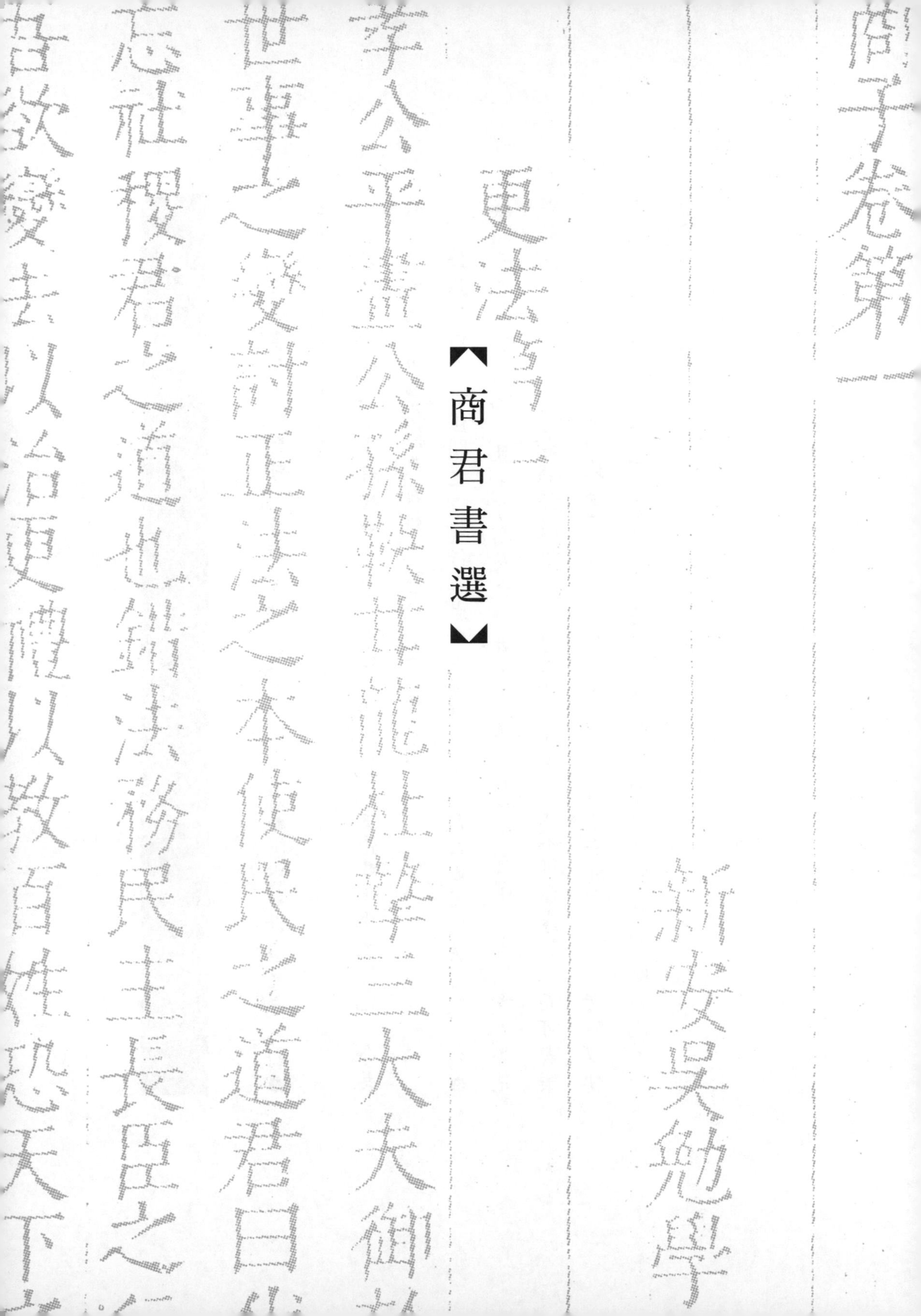
商子卷第一
新安吳勉學
更法第一
孝公平畫公孫鞅甘龍杜摯三大夫御於君
世事之變討正法之本使民之道君曰
忘社稷君之道也錯法務民主長臣之
吾欲變法以治更禮以教百姓恐天下

更法

孝公平畫❶，公孫鞅、甘龍、杜摯三大夫御於君❷，慮❸世事之變，討❹正法之本，求使民之道。

君曰：「代立不忘社稷❺，君之道也；錯法務民主張❻，臣之行也。今吾欲變法以治，更❼禮以教百姓，恐天下之議❽我也。」

公孫鞅曰：「臣聞之：疑行無成❾，疑事無功。君亟❿定變法之慮，殆⓫無顧天下之議之也。且夫有高人之行者，固見非於世；有獨知之慮者，必見毀於民。語曰：『愚者闇於成事，知者見於未萌⓬；民不可與慮始，而可與樂成。』郭偃之法曰：『論至德者不和於俗；成大功者不謀於眾。』法者所以愛民也，禮者所以便事也。是以聖人苟可以彊國，不法其故；苟可以利民，不循⓭其禮。」

孝公曰：「善。」

【注釋】

❶ 孝公：秦孝公，名渠梁。平：評議。畫：計畫。平畫：評議計畫國事。

❷ 甘龍：秦國大夫。杜摯：秦國大夫。御：侍奉。

❸ 慮：考慮。

❹ 討：討論。

❺ 代立：繼承先君而立。社稷：國家的代稱。

❻ 錯：設置，施行。今通「措」。錯法務民：是說施行法令，努力民事。主張：主而張之，有宣揚的意思。一說，張應作「長」。

❼ 更：改變。

❽ 議：評論人家的過失。

❾ 無成：《史記．商君列傳》、《新序．善謀篇》等文均引作「無名」。

❿ 亟：急。

⓫ 殆：近，幾乎。

⓬ 萌：開始發生。

⓭ 循：遵守。

【語譯】

秦孝公正在評量、計畫國家大事。公孫鞅、甘龍、杜摯三個大夫陪侍在秦君旁邊，一同考慮時事的變化，討論立法的根本，研究差遣人民的辦法。

孝公說：「繼承先人做了國君，不忘國家大事，這是國君應有的態度；執行法令，努力民事，宣揚國君的威德，這是人臣應有的操行。現在我想要改變法令來治理國家，更新禮節來教育百姓，但是，我害怕天下人們的批評！」

公孫鞅說：「我聽說過這樣的話：行動遲疑，不會有成就；做事遲疑，不會有功績。您應該趕快抱定改變法令的決心，似乎不必顧忌天下人們對它的批評！而且呢，具有高超行為的人，本來就會受到世俗人的譏笑；具有獨特見解的人，必然也會受到一般人的議論。俗話說：『愚蠢的人往往對已經完成的事情還不明白，聰明的人在事情還沒有發生之前就已經觀察到了。一般人，不可以同他們計畫創業，只可以同他們享受成果。』郭偃論法的話說：『講論高深道德的人不和俗人接近，成就大功的人不和眾人商量。』法度是用來愛護人民的，禮節是用來處理事情的。因此，就聖人來講，只要能夠使國家強盛，就不必沿用舊有的法度；只要能夠對人民有利，就不必依照舊有的禮節。」

孝公說：「好！」

甘龍曰：「不然。臣聞之：聖人不易民[1]而教，知者不變法而治。因民[2]而教者，不勞而功成；據法[3]而治者，吏習而民安。今若變法，不循秦國之

故，更禮以教民，臣恐天下之議君。願孰察❹之！」

公孫鞅曰：「子之所言，世俗之言也。夫常人安於故習，學者溺於所聞❺。此兩者，所以居官而守法，非所與論於法之外也。三代不同禮而王，五霸不同法而霸。故知者作法，而愚者制焉；賢者更禮，而不肖者拘焉。拘禮之人❻不足與言事，制法之人❼不足與論變。君無疑矣。」

【注釋】

❶易民：改變民間的風俗習慣。
❷因民：順著民間的風俗習慣。
❸據法：依照舊有的法令。
❹孰：「熟」的本字。孰察：仔細地考察。
❺溺：沉溺。溺於所聞：是說局限在平時所聽說的事理裡面。
❻拘禮之人：為禮法所拘束的人。
❼制法之人：為法令所約制的人。

【語譯】

甘龍說：「不對。我聽說過這樣的話：聖人不違反人民的意願來施行禮教，智者不改變法令來治理國家。順應人民意願去施行禮教的，不費力就把事情辦好了；依據舊有法度去治理國家的，官吏都很熟悉，而且人民也能習慣。現在如果改變法令，不依照秦國的舊法，更換禮節來教育人民，我恐怕天下百姓要議論您了。希望您仔細考慮一下！」

公孫鞅說：「你所說的話，是世俗人的論調呀！平常人習慣於舊有的習尚，老學究局限於他們的見聞。這兩種人，可以讓他們做官守法，卻不適合和他們討論法度以外的事情。夏、商、周三代有不同的體制，卻都成就了王業；春秋五霸各有不同的法度，卻都成就了霸業。所以，明智的人創立法度，而愚蠢的人受法度的限制；賢能的人革新禮節，而不賢能的人受禮節的拘束。受禮節拘束的人，不能和他們商量天下大事；受法度限制的人，不能和他們討論改革法度。您不用遲疑了！」

杜摯曰：「臣聞之：利不百不變法，功不十不易器❶。臣聞法古無過，循禮無邪❷。君其圖之！」

公孫鞅曰：「前世不同教❸，何古之法？帝王不相復❹，何禮之循？伏義、神農，教而不誅；黃帝、堯、舜，誅而不怒。及至文、武，各當時而立法，因事而制禮。禮法以時而定，制令各順其宜，兵甲器備各便其用。臣故曰：治世不一道，便國不必古❺。湯、武之王也，不循古而興；殷、夏之滅也，不易禮而亡。然則反古者未可必非，循禮者未足多是也❻。君無疑矣。」

【注釋】

❶易器：改換器物。
❷邪：不正。無邪：沒錯。
❸教：教化，指法令。
❹復：重複。
❺不必古，一作「不必法古」。《史記》作「不法古」。
❻此二句《史記》作「反古者不可非，而循禮者不足多」。

【語譯】

杜摯說：「我聽說過這樣的話：利益不到百倍，就不改變法度；功效沒有十倍，就不改換器具。我又聽說：沿襲古法，不會犯過錯；依照舊禮，不會有偏差。您得仔細考慮這件事！」

公孫鞅說：「以前各代不用同樣的方法來教化百姓，哪一代的古法是該沿襲的呢？歷代帝王不重複推行一樣的禮節，哪一個帝王的舊禮是該遵照的呢？伏羲、神農，教育感化人民而不用刑罰；黃帝、堯、舜，刑罰人民卻不至於凶暴。等到周朝文王、武王，都針對時代需要而設立法度，依據事實情況而制定禮節。禮節法度要隨著時代來規定；制度命令要能各自順應適宜的場合；兵器、鎧甲、器物設備，要能各自適合它們的用途。我因此認為：治理天下，不是只有一種方法；謀利國家不必一定效法古代。商湯、周武王的稱王呀，並不學習古法，卻能興起；殷紂、夏桀的滅亡呀，並未變更舊禮，卻一樣滅亡。這樣看來，那些反對古法的人，不一定值得批評，依照舊禮的人，不一定值得稱讚呀。您不用疑惑了。」

孝公曰：「善。吾聞窮巷多恡❶，曲學多辨❷。愚者之笑，智者哀焉；狂夫之樂，賢者喪❸焉。拘世以議❹，寡人不之疑矣。」

於是遂出墾草令❺。

【注釋】

❶ 恡：同「吝」，小器，器識不廣的意思。此句是說：窮巷之人，孤陋寡聞，往往少見而多怪。一說，恡：怪。

❷ 曲學：局限於一偏的道理，不識大體的人。辨：同「辯」，辯論。

❸ 喪：《新序》作「憂」，與「喪」義相近。
❹ 拘世以議：說拘牽於世俗之見的言論。
❺ 墾草令：開墾荒地的命令。

【語譯】

孝公說：「好。我聽說過：住在窮僻小巷的人，大多器識不廣；不識大體的小儒，大多喜歡爭辯。愚蠢的人歡笑的事，正是明智的人覺得悲哀的；狂妄的人稱心的事，正是賢能的人覺得失望的。對於受到世俗拘束的議論，我不再猶疑不決了。」

於是就頒布了開墾荒地的命令。

析論

這一篇選自《商君書》，是該書的第一篇，記敘公孫鞅（商鞅）在秦孝公面前，和秦國大夫甘龍、杜摯爭論變法的言論。

據司馬遷《史記・商君列傳》的記載，當商鞅初入秦國，先後幾次朝見秦孝公，以五帝之道、三王之道遊說孝公，孝公都不接受，等到他以霸道相告，孝公就「不自知厀之前於席也」，換句話說，當他說以強國之術時，孝公就情不自禁地虛席受教了。這樣看來，想要改變舊法、創立新法的人，主要的動力還是來自秦孝公，而非商鞅。商鞅不過是迎合主上之意而已。這是商鞅求為世用的悲劇，也是法家為人詬病的地方。

這篇文章開頭就說「孝公平畫」，這是說秦孝公正在評量、籌劃某個國家大事，當然這裡指的，就是變法與否的問題。古代國有大事，國君往往交付大臣廷議，以便採擇。公孫鞅、甘龍、杜摯三位大夫，就是這次廷議的大臣。他們在秦孝公面前，就世事之變、正法之本、使民之道，發表不同的意見，互相詰難辯論，話題就環繞在秦孝公提出的「吾欲變法以治，更禮以教百姓，恐天下之議我也」這幾句話上。

在三位廷議的大夫中，公孫鞅是力主變法更禮的人，而甘龍、杜摯則是代表秦國貴族的保守勢力，極力反對政治的更張。為了推行變法更禮的政治革新，公孫鞅舌戰群儒，力排眾議，當時跟他意見相左、針鋒相對的人，恐怕不止甘龍、杜摯兩位。這裡記錄他們三人的爭論，不過是個最具典型的抽樣而已。

綜合前後的論點，我們可以發現，商鞅主張變法更禮的理由是「治世不一道，便國不必古」，也就是說，法度禮制是隨時代而變化的，只要能夠富國強兵，符合國家人民的利益，改革舊有的禮法制度並無錯誤。相形之下，甘龍、杜摯二人保守的主張，只是強調法古循禮的好處，對於變法所能引致的優點，並沒有說出反對的充分理由。因此，胸有成竹的秦孝公，自然是採取了商鞅的主張。

據《史記．商君列傳》說，商鞅變法十年之後，「秦民大說，道不拾遺，山無盜賊，家給人足，民勇於公戰，怯於私鬪，鄉邑大治。」可見商鞅的變法是成功的，秦孝公富國強兵的理想也達到了。可是，商鞅強調國家本位，也就是削奪了秦國舊貴族的權利，同時他又再三說平民是愚者，「不可與慮始，而可與樂成」，都容易招來非議，因此，秦孝公死後，商鞅也就隨之而敗亡了。這真是一個求為世用的論政書生的悲劇！

本文雖然以對話為主，但修辭簡練，語句工整，排比雖多而氣勢仍盛，可以說是一篇內容充實而形式齊整的好文章。

【肆】管子

《管子》解題

《管子》一書，相傳為管仲所著。管仲，字夷吾，春秋初年齊國潁上（今安徽潁上縣）人。生年不詳，卒於西元前六四四年。少時貧困，與鮑叔牙為友，交情極篤，此即後世所說的「管鮑之交」。後由鮑叔推薦給齊桓公，為相，號「仲父」。他輔佐桓公劃分鄉軌，廢除公田，確定兵制，改革稅政，尊周室，攘夷狄，九合諸侯，一匡天下，使桓公成為春秋五霸之首，他自己也就成了極受後世推崇的大政治家。在學術上，管仲開啟了後來申不害、商鞅、韓非等人刑名法術思想的先河。

不過，現在流傳的《管子》，從它的內容看，包括了法家、道家、儒家、陰陽家以及兵家的思想資料，而且書中常常提到管仲死後之事，因此，恐怕已非《管子》原貌。據劉向說，《管子》原有三百八十九篇，後來經過整理，才定為八十六篇。梁、隋以後又有佚亡，因此目前僅存七十五篇。其中一部分當為春秋末年齊國的檔案與傳說，另一部分則戰國至漢初所遞為增益，一種沒有系統的類書總集。古代稱「子」，多指某一學派，因此《管子》一書恐怕只能視為與管仲思想有關的若干論文的纂集。

戴望的《管子校正》，可供讀者參考。

【管子選】

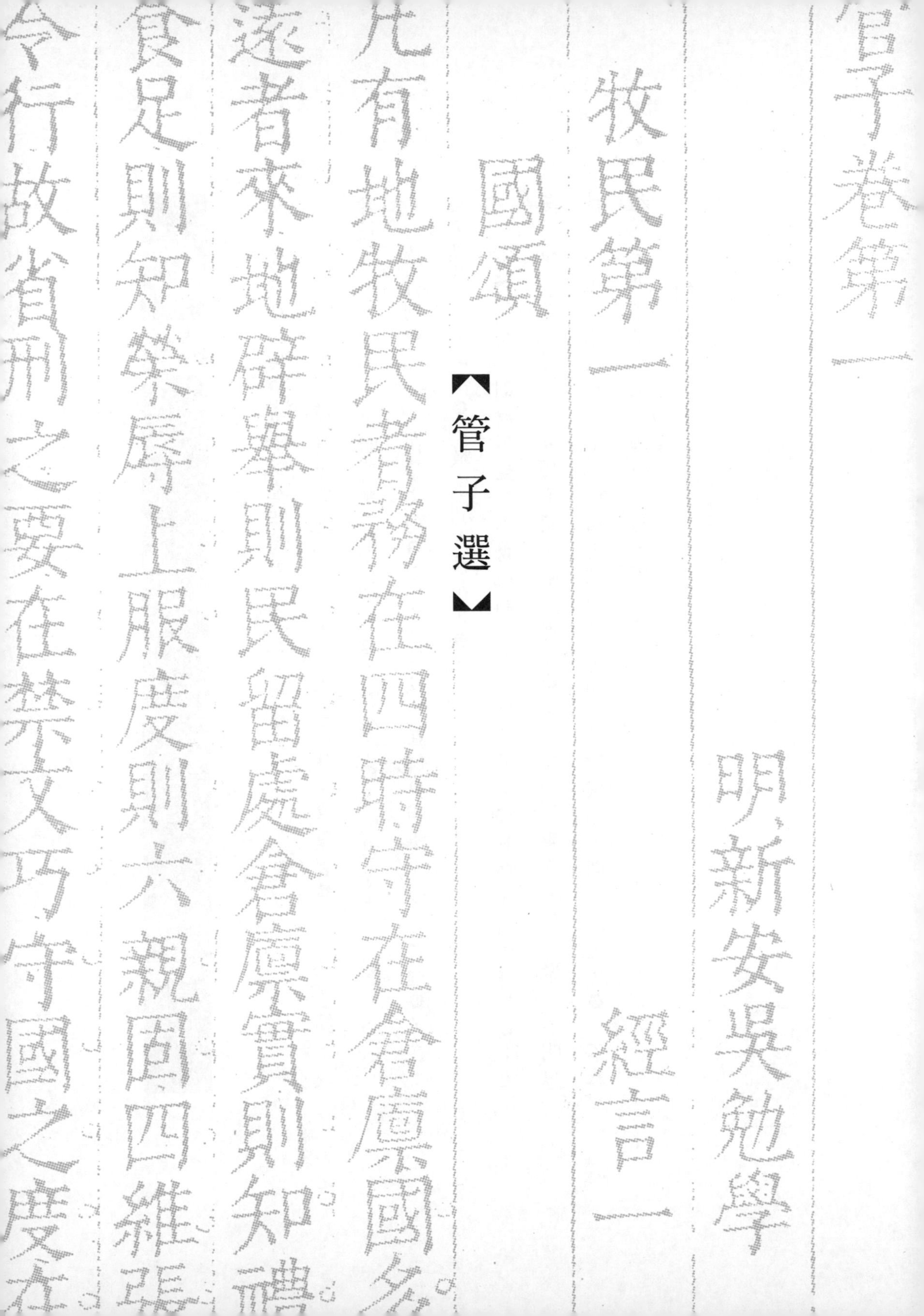
管子卷第一

明新安吳勉學

牧民第一　經言一

國頌

凡有地牧民者務在四時守在倉廩國多

遠者來地辟舉則民留處倉廩實則知禮

食足則知榮辱上服度則六親固四維張

令行故省刑之要在禁文巧守國之度在

牧民

管子

凡有地牧民[1]者，務在四時[2]，守在倉廩[3]。國多財[4]，則遠者來；地辟舉[5]，則民留處[6]；倉廩實[7]，則知禮節；衣食足，則知榮辱；上服度[8]，則六親固[9]；四維張[10]，則君令行。

故省刑[11]之要，在禁文巧[12]；守國之度，在飾[13]四維；順民之經[14]，在：明[15]鬼神，祇山川[16]，敬宗廟，恭祖舊[17]。

不務天時，則財不生；不務地利，則倉廩不盈。野蕪曠，則民乃菅[18]；上無量[19]，則民乃妄。文巧不禁，則民乃淫[20]；不璋兩原[21]，則刑乃繁。不明鬼神，則陋民不悟[22]；不祇山川，則威令不聞；不敬宗廟，則民乃上校[23]；不恭祖舊，則孝弟不備。四維不張，國乃滅亡。

右國頌[24]

【注釋】

❶ 牧民：治理人民。

❷ 務：努力。四時：四季，一般借指農時，這裡指農政而言。務在四時：該努力的是四季的農政。

❸ 守：維護。倉：藏穀的房子。廩：藏米的房子。守在倉廩：應保持的是糧食的儲備。

❹ 財：財富，物資，經濟力量。

❺ 辟：同「闢」，開闢。舉：盡。地辟舉：土地都已開闢。

❻ 留：留下來。處：居住。

❼ 實：充足豐富。

❽ 上：在上位者，一般指君王。服：從事，推行。度：法度，即法律和制度。一說，服度：衣服器物都合法度。

❾ 六親：狹義指父、子、兄、弟、夫、婦，廣義指父族、母族、兄弟、姑姊、妻族、姻（壻父曰姻）、亞（兩壻相謂曰亞）。一般多採廣義。固：團結堅強。

❿ 維：本指繫車蓋的繩，引申為重要的綱領和原則。四維：維繫社會的四大綱領，亦即支撐國家的四大基柱，指禮、義、廉、恥這四種德目。張：伸張，發揚。

⓫ 省刑：少用刑罰，指社會安定。

⓬ 文：文飾。巧：技巧。文巧：猶言浮華。

⓭ 飾：同「飭」，修，提倡，促進。

⓮ 順民：順應人民。經：最高原則。

⓯ 明：闡明，使人民去信仰。

⓰ 祗（音「之」）：敬。山川：山川之神。

⑰祖舊：祖先，祖宗的舊法。
⑱菅：同「姦」。戴望《校正》疑菅乃「荒」字之誤。荒：饑荒。
⑲量：度量，此處指法律的遵守或推行。
⑳淫：奢侈過度。
㉑璋：當為「章」，弄清之意。一說，璋當作「障」，障：堵塞。兩原：（上述）兩大原因；指「上無量」為造成人民妄的原因；「文巧不禁」為造成人民淫的原因。
㉒陋民：小民，愚民。悟：依戴校乃「信」字之誤，與神為韻。
㉓「校」可有二解，一音「較」，即較量，抗拒；上校：即與上相爭。一音「效」，即仿效；上效：即跟著在上位者做。
㉔頌：形容。國頌：對於立國之道的總說明。

【語譯】

凡是據有領土、治理人民的政治領袖，要致力的是在於關心四季的農政，要留意的是在於儲備國庫的糧食。

國家財多富足，那麼遠方的人民自然樂意來歸附；土地全部開發，那麼國內的人民自然樂意居留；倉庫裡的米穀充裕，那麼人民自然會遵守禮節；衣食豐足，那麼人民自然會知道榮譽恥辱；在上位的人能夠推行法治，那麼不同親族的團結自然能緊密堅強；四大德目能夠發揚，那麼君王的法令自然能推行貫徹。

所以，減少刑罰的要點，在於禁止浮華機巧；維護國家的法度，在於提倡四大德目；引導人民的原則，在於闡明鬼神信仰，尊崇山川神靈，敬祀國家宗廟，恭承祖先傳統。

不努力去求了解天時（照顧農業），那麼財富便不能產生；不努力去求利用土地（推廣耕作），那麼糧食便不能充裕。田野荒蕪曠廢了（不去開墾），那麼人民就會鬧飢寒；君上不立法度（不作考核），那麼人民就會行為欺詐。浮華機巧的作為不加禁止，那麼人民自然會淫蕩過度；不明白這兩種根源，那麼各種罪罰便自然會日漸繁多；不闡明鬼神的道理，那麼愚民自然不能有所信仰；不尊崇山川的神靈，那麼威信政令自然不能傳布深入；不虔敬祭祀國家的宗廟，那麼人民自然會反抗長上；不小心維護祖宗的傳統，那麼孝順友愛的德行自然無法建立。支撐國家的四大德目不能發揚，國家便自然會滅亡。

以上是立國之道的總說明。

國有四維。一維絕則傾，二維絕則危，三維絕則覆，四維絕則滅。傾可正也，危可安也，覆可起也，滅不可復錯❶也。

何謂四維？一曰禮，二曰義，三曰廉，四曰恥。

禮，不踰節❷；義，不自進❸；廉，不蔽惡❹；恥，不從枉❺。

故不踰節，則上位安；不自進，則民無巧詐；不蔽惡，則行自全；不從枉，則邪事不生。

右四維

【注釋】

❶復錯：猶言復興。錯：同「措」，有安、置的意思。

❷不踰節：不超越自己的本分。

❸不自進：不做非分的追求，亦即不做社會或統治者認可以外的追求。

❹不蔽惡：不隱蔽自己的過失。

❺不從枉：不追隨壞人，不學習邪惡。

【語譯】

國家有四大德目來維繫著。一根支柱斷了，國家便會傾斜；兩根支柱斷了，國家便生危險；三根支柱斷了，國家便要倒塌；四根支柱斷了，國家便祇有滅亡。傾斜了，可以矯正它；危險了，可以安定它；倒塌了，可以扶起它；滅亡了，就不能再挽回了。

什麼是維繫國家的四大德目？第一是禮，第二是義，第是廉，第四是恥。

禮，便是不會超越應守的本分；義，便是不會從事非分的追求；廉，便是不會隱蔽自己的過失；恥，便是不會追隨壞人去做壞事。

所以，只要能不超越應守的本分，那麼統治者的地位便自然穩固；只要能不從事非分的追求，那麼人民便自然不會行巧使詐；只要能不隱蔽自己的過失，那麼行為便自然端正；只要能不追隨壞人，那麼壞事自然不會發生。

以上是維繫國家的四大德目。

政之所興，在順民心；政之所廢，在逆民心。民惡憂勞，我佚樂❶之；民惡貧賤，我富貴之；民惡危墜，我存安之；民惡滅絕，我生育之。

能佚樂之，則民為之憂勞❷；能富貴之，則民為之貧賤；能存安之，則民為之危墜；能生育之，則民為之滅絕。

故刑罰不足以畏其意，殺戮不足以服其心。故刑罰繁而意不恐，則令不行矣；殺戮眾而心不服，則上位危矣。

故從其四欲❸，則遠者自親；行其四惡❹，則近者叛之。故知予之為取❺者，為政之寶也。

右四順

【注釋】

❶ 佚樂：安樂。

❷ 為之憂勞：為他（指統治者）憂慮操心。

❸ 四欲：指佚樂、富貴、存安、生育四種欲望。

❹ 四惡：指憂勞、貧賤、危墜、滅絕。

❺ 予：通「與」，給與。予之為取：把給與當作獲得。

【語譯】

政治之所以昌明，在於適應民意；政治之所以敗壞，在於違反民意。人民厭惡愁苦，我便使他們安樂；人民厭惡貧賤，我便使他們富貴；人民厭惡危險，我便使他們得到保障，增進安全；人民厭惡滅族絕種，我便使他們能夠生殖養育，繁衍後代。能使人民安樂，那麼人民便肯為他憂勞辛苦；能使人民富貴，那麼人民便肯為他甘於貧賤；能使人民得到保障，增進安全，那麼人民便肯為他赴危冒險；能使人民生育繁衍，那麼人民便肯為他犧牲身家。

所以，僅用刑罰，並不能使人民內心害怕；僅憑殺戮，並不能使人民內心順從。所以刑罰繁重而人民心裡並不害怕，政府的政令就行不通了；殺戮厲害而人民心裡並不順從，領袖的地位就有問題了。

所以，能滿足人民安樂、富貴、安全、繁衍這四種欲望，那麼遠方的人民自然會來歸順；造成人民辛苦、貧賤、危險、滅絕這四種悲劇，那麼即使是附近的人民，也必然會背叛他。所以，懂得給與就是獲得的道理，便是從事政治活動的法寶。

以上是順應人民四大欲望的道理。

析論

這一篇選自《管子》，是《管子》的第一篇。歷來極負盛名，常被後人引用，一般人都以為它不是管仲的原作，而是戰國時代法家的作品。從文中往復推闡的論辯方式看來，這個推測很有道理。

本文主旨，是在說明治國為政的基本原則。立論的觀點，是從如何統治人民出發的，因此，它的主要用意，是在說明古代統治者的治術，如何保持鞏固自己的地位。這和今天民主政治從全民福利出發的觀點，是大不相同的。

本文原分五段，包括國頌、四維、四順、士經、六親五法等。這裡節錄的，是前面三段。在國頌中，作者對治國為政的看法，歸納起來，約有幾點：一是注意農業生產，這從「務在四時，守在倉廩」、「倉廩實」、「衣食足」等語可以看出來；二是遵守禮法制度，這從「上服度」、「禁文巧」、「四維張」等語可以看出來；三是重視宗廟祭祀，這從「明鬼神，祇山川」、「敬宗廟，恭祖舊」等語可以看出來；簡言之，就是「省刑」、「守國」、「順民」，而其前提，則在於「倉廩實」。用今天的話來說，先求農業經濟的繁榮，再談禮法道德的實踐。

第二段「四維」，是在說明禮義廉恥的意義及其重要性。這是第一段末句「四維不張，國乃滅亡」的進一步說明，也是前文「四維張，則君令行」、「守國之度，在飾四維」的具體發揚。

第三段「四順」，是在說明順應人民需要、注意社會福利的重要。「政之所興，在順民心」的主張，也是從第一段「國頌」的「順民之經」等句衍申而來。可見第一段「國頌」，是全篇的綱領。

這一篇文章，有很多觀點，像「順民心」、「飾四維」、「倉廩實則知禮節，衣食足則知榮辱」等等，都是非常可取的見解，即使從今日來看，也仍然有其進步的意義。有人說本文作者談國家經濟僅限於農業生產，談宗教信仰多囿於迷信，甚至說作者「禁文巧」的主張是退步的，這些說法，就好像責備古人不搭飛機、不坐輪船一樣，或昧於時代背景，或不解文字原意，真是厚誣古人，不足為訓。

【伍】

晏子春秋

《晏子春秋》解題

《晏子春秋》一稱《晏子》，記敘有關晏子的言行，舊題晏嬰所作，然據今人考證，絕非晏嬰自著，而是出乎後人偽託。晏嬰是春秋時代齊國的名臣，此書記載他的言行，有些事蹟不可盡信，同時此書內容，頗有一些地方，和《左傳》、《孟子》、《韓非子》、《呂氏春秋》、《說苑》、《韓詩外傳》等書重複，著成年代恐怕不可能在戰國以前。

這本書雖然名為春秋，事實上它不是史書，仍然應歸子部。

張純一《晏子春秋校注》、吳則虞《晏子春秋集釋》，都是值得一看的參考書。

▲晏子春秋選▼

名嬰諡平仲萊人萊者今東萊地也晏

彌記通於古今事齊靈公莊公景公以

行盡忠極諫......得以正行百姓

親不用則退耕于野用則必不出義不

邪亦雖交胸終不受崔杼之刼諫

全順而刻及使諸侯莫能詘其辭其博

益久省仲內能規規外能厚賢居相國

晏子使楚

晏子春秋

一

晏子使楚❶。以晏子短❷，楚人為小門于大門之側而延晏子。晏子不入，曰：「使狗國者，從狗門入；今臣使楚，不當從此門入。」儐者更道❸，從大門入，見楚王。王曰：「齊無人耶？」晏子曰：「臨淄三百閭❹，張袂成陰，揮汗成雨，比肩繼踵❺而在，何為無人？」王曰：「然則子何為使乎？」晏子對曰：「齊命使，各有所主。其賢者使使賢王，不肖者使使不肖王。嬰最不肖，故宜使楚矣。」

【注釋】

❶ 晏子：名嬰，字仲，諡平，齊國東萊（今山東高密縣）人。曾任齊相，歷靈公、莊公、景公三朝，是春秋時代著名的政治家和外交家。使楚：出使楚國，到楚國辦理外交事務。

❷ 短：矮小。

❸ 儐（音「鬢」）：引導賓客的人。更道：換了道路，是說不從小門進入。一說，道同「導」。

❹臨淄：齊國都城，在今山東淄博。閭：古代以二十五家為一閭。
❺比肩繼踵：肩碰著肩，腳靠著腳。形容人多擁擠的樣子。踵：腳後跟。

【語譯】

晏子出使到楚國去。因為晏子身材矮小，楚國人另外造了一個小門在大門的旁邊，來請晏子進去。晏子不進去，說：「出使到狗國去的人，才從狗門進去；現在我出使楚國，不應該從這個狗門進去的。」引導賓客的儐者，只好改換路道，從大門進去，見了楚王。楚王問道：「齊國沒有人嗎？」晏子說：「齊都臨淄就有七千五百戶人家，人們舉起衣袂就遮住陽光，揮拭汗珠就成了雨水，肩膀碰著肩膀，腳踵連著腳踵那樣的生活，怎麼會沒有人呢？」

楚王說：「這樣的話，那麼你怎麼會當使者呢？」晏子答道：「齊國派任使者，各別有他們要會見的君王。其中賢明的使者，就派他們出使去見賢明的君王；不像樣的使者，就派他們出使去見不像樣的君王。我晏嬰最不像樣，所以就出使到楚國來了。」

二

晏子將至楚。楚王聞之，謂左右曰：「晏嬰，齊之習辭❶者也，今方來

❷，吾欲辱之，何以❸也？」左右對曰：「為其來也，臣請縛一人，過王而行，王曰：『何為者也？』對曰：『齊人也。』王曰：『何坐❹？』曰：『坐盜。』」

晏子至，楚王賜晏子酒，酒酣，吏二縛一人詣王，王曰：「縛者曷❺為者也？」對曰：「齊人也，坐盜。」

王視晏子曰：「齊人固善盜乎？」晏子避席❻對曰：「嬰聞之：橘生淮南則為橘，生于淮北則為枳❼；葉徒相似，其實味不同。所以然者何？水土異也。今民生長于齊不盜，入楚則盜，得無❽楚之水土使民善盜耶？」王笑曰：「聖人非所與熙也❾，寡人反取病焉❿。」

【注釋】

❶ 習辭：善於辭令，很有口才。
❷ 方來：正要前來。
❸ 何以：用什麼辦法。以：用。
❹ 何坐：犯了什麼罪。坐：犯罪。
❺ 曷：同「何」。
❻ 避席：離開席位，表示鄭重的態度。

❼枳（音「指」）：樹木，秋天結實，味酸苦。此句所說的情況，有人以為不符合實情。
❽得無：莫非。
❾非所與熙：不可以同他開玩笑的。熙：這裡是笑樂的意思。
❿反取病焉：反而自討沒趣了。

【語譯】

晏子將要到楚國去。楚王聽到這個消息，就告訴左右近臣說：「晏嬰是齊國善於辭令的人呀，現在快要來了，我想要侮辱他，用什麼辦法呢？」左右近臣回答說：「當他來到的時候，臣下試請綁著一個犯人，經過大王面前來走著，大王問：『是怎麼樣的人呢？』臣下答道：『齊國人呀。』大王又問：『犯了什麼罪呢？』臣下答道：『犯了竊盜罪。』」

晏子到了，楚王賜給晏子酒喝，酒喝到酣暢時，官吏二人綁著一個犯人來見楚王。楚王說：「被綁的人是怎麼樣的人呢？」官吏答道：「是齊國人呢，犯了竊盜罪。」

楚王看著晏子說：「齊國人本來就會做竊盜的吧？」晏子起身離開座位，答道：「我晏嬰聽過這樣的話：橘子生長在淮水南邊就是橘子，生長在淮水北邊就變成枳子了。樹葉雖然還一樣，它們的果實味道卻不相同。所以這樣的原因是為什麼呢？因為水土不同呀。現在人生長在齊國不做竊盜，到了楚國就做竊盜，這莫非是楚國的水土，使人容易做竊盜吧？」楚王笑著說：「聰明人是不可以同他開玩笑的，我是自討沒趣了。」

析論

這兩則故事都是從《晏子春秋．內篇．雜下》選錄出來的。同樣都是寫晏嬰以其辯才無礙，出使楚國時，不被楚王所辱的情形。

第一則故事也見於劉向《說苑》一書。包含兩個小故事：一是因為晏嬰矮小，楚國有意折辱他，故意叫他從小門進入；一是因為晏嬰其貌不揚，不像個外交官，楚王故意取笑他，說齊國難道沒有人才嗎？要不然，怎麼會派你這樣的人來？「齊無人耶」的人，是人才的意思。這兩個故意為難的問題，晏嬰都不假辭色地給駁了回去，維護了他自己的尊嚴，也保持住齊國的尊嚴。這是當外交官的人最起碼的要求。晏嬰回答楚王問「齊無人耶」時，所說的「臨淄三百閭」一段文字，《戰國策．齊策》裡，也有類似的文字，可以想見春秋戰國之際，城市繁榮的一斑。

第二則故事，並見於《說苑》和《韓詩外傳》。現在引述於後。

晏子使荊（劉向《說苑．奉使篇》）：

晏子將使荊，荊王聞之，謂左右曰：「晏子，賢人也，今方來，欲辱之，何以也？」左右對曰：「為其來也，臣請縛一人過王而行。」

於是荊王與晏子立語，有縛一人過王而行，王曰：「何為者也？」對曰：「齊人也。」王曰：「何坐？」曰：「坐盜。」

王曰：「齊人固盜乎？」晏子反顧之曰：「江南有橘，齊王使人取之，而樹之於江北，生不為橘，乃為枳。所以然者何？其土地使之然也。今齊人居齊不盜，來之荊而盜，得無土地使之然乎？」荊王曰：「吾欲傷子，而反自中也。」

《說苑》的這段文字，和《晏子春秋》大同小異。第一段寫晏子未到之前，荊（楚）國君臣定計折辱晏子的經過情形；第二段寫晏子既來之後，荊（楚）按計行事的經過。第一段是虛，這一段是實。第三段則寫荊（楚）國王自取其辱的情形。《晏子春秋》的這則故事，和《說苑》所記相差無幾，但和《韓詩外傳》所記的，故事內容雖然差不多，可是文字卻頗有不同：

晏子使楚（《韓詩外傳》卷十）：

齊景公遣晏子南使楚，楚王聞之，謂左右曰：「齊遣晏子使寡人之國，幾至矣。」左右曰：「晏子，天下之辯士也，與之議國家之務，則不如也；與之論往古之術，則不如也。王獨可以與晏子坐，使有司束人過王，王問之，使言齊人善盜，故束之，是宜可以困之。」王曰：「善。」晏子至，即與之坐，圖國之急務，辯當世之得失，再舉再窮，王默然無以續語。居有間，束徒以過之，王曰：「何為者也？」有司對曰：「是齊人善盜，束而詣吏。」

王欣然大笑曰：「齊乃冠帶之國，辯士之化，固善盜乎？」晏子曰：「然固取之，王不見夫江南之樹乎？名橘，樹之江北，則化為枳。何則？土地使然爾，夫子處齊之時，冠帶而立，儼有伯夷之廉，今居楚而善盜，意土地之化使然爾，王又何怪乎！」詩曰：「無言不讎，無德不報。」

比較對照之下，我們可以體會同一個故事，可以有幾種不同的寫法。至於這三段文字何者為先，是否實情，這些問題，我們這裡就略而不論了。

【陸】

孫子

#《孫子》解題

孫子，名武，也稱孫武子，是春秋時代著名的軍事家。他原是齊國樂安（今山東惠民縣）人，著有兵法十三篇，後來到了吳國，受到吳王闔閭的賞識，做了將軍。他的兵法流傳下來，就稱《孫子》，也稱《孫子兵法》。

不過，也有人以為《孫子》這本書的作者，不是孫武，而是孫武的後代孫臏。孫臏為戰國時人，先在魏國被同學龐涓嫉妒陷害，刖斷雙腳，後來逃到齊國，做了軍師。

唐代杜牧認為《孫子》一書，原有數十萬言，後來經過曹操的刪節，才剩下十三篇。假使此話可靠，那麼現在流傳的《孫子》，恐非出於一人之手，而是一部彙記古人戰爭經驗的著作。它對於戰爭的原則、策略，提供了許多寶貴的見解，被後人尊為「兵經」。

《孫子》的參考書，有清孫星衍《孫子十家注》、民國楊家駱主編的《宋本十一家註孫子》等。

世傳孫子

▲ 孫子選 ▼

其言或不盡傳大

故都城慈循晉叔

琅琊王世

勢篇

孫子曰：凡治眾如治寡，分數❶是也；鬪眾如鬪寡，形名❷是也。三軍之眾，可使必受敵而無敗者，奇正❸是也；兵之所加，如以碬❹投卵者，虛實❺是也。

凡戰者，以正合，以奇勝。故善出奇者，無窮如天地，不竭如江河。終而復始，日月是也；死而復生，四時是也。聲不過五❻，五聲之變，不可勝聽也；色不過五❼，五色之變，不可勝觀也；味不過五❽，五味之變，不可勝嘗也；戰勢不過奇正，奇正之變，不可勝窮也。奇正相生，如循環之無端❾，孰能窮之哉！

激水之疾，至于漂石者，勢也；鷙鳥之疾，至於毀折❿者，節也。是故善戰者，其勢險，其節短。勢如彍弩⓫，節如發機⓬。紛紛紜紜⓭，鬪亂而不可亂也；渾渾沌沌⓮，形圓而不可敗也。

亂生于治，怯生于勇，弱生于強。治亂，數也；勇怯，勢也；強弱，形也。

之。

故善動⑮敵者，形⑯之，敵必從之；予之，敵必取之。以利動之，以卒待之。

故善戰者，求之于勢，不責⑰于人，故能擇人而任勢⑱。任勢者，其戰人也，如轉木石。木石之性，安則靜，危則動；方則止，圓則行。故善戰人之勢，如轉圓石于千仞之山者，勢也。

【注釋】

❶分數：分隊編排的意思。

❷形名：指旌旗鑼鼓的指揮作用。形：指旌旗。名：指鑼鼓。古時軍隊的進退行止，因為人數多，距離遠，往往靠旌旗的形狀和鑼鼓的聲音來指揮。譬如說，擊鼓就表示前進，鳴金就表示收兵。

❸奇正：奇兵和正兵。奇兵：旁敲側擊，攻其不備，類似今日的突擊部隊。正兵：正面迎戰，作為先鋒，類似今日的先鋒部隊。

❹碬（音「霞」）：一作「碫」（音「段」），硬石。

❺虛實：指兵力強弱的運用。

❻五：指宮、商、角、徵、羽等五音。

❼五：指青、黃、紅、白、黑等五色。

❽五：指酸、辣、鹹、甘、苦等五味。

❾ 如循環之無端：像圓環的沒頭沒尾。
❿ 毀折：這裡是搏擊撲殺的意思。
⓫ 彍（音「擴」）：張。彍弩：把弓弩拉滿。
⓬ 發機：扣動機紐，把箭射出去。
⓭ 紛紛紜紜：形容旌旗人馬紛呈鬥亂的樣子。
⓮ 渾渾沌沌：形容陣容變化靈活難測的樣子。
⓯ 動：誘發。
⓰ 形：偽裝假象。
⓱ 責：苛求。
⓲ 擇人：選拔人才。任勢：造成氣勢；把握時勢。

【語譯】

孫子說：管理人數多的軍隊，就如同管理人數少的軍隊一樣，這是分隊編制的組織問題；指揮人數多的隊伍戰鬥，就如同指揮人數少的隊伍戰鬥一樣，這是旗幟、鐘鼓的指揮問題。全國軍隊這樣的多，能夠使他們遭受到敵人襲擊也必定不致失敗的，這是奇兵正兵的配合問題；軍隊進攻的地方，就如同用石頭去打雞蛋一樣，這是兵力強弱的運用問題。

所有用兵作戰的人，都是用先鋒部隊從正面去合力攻擊，用突擊部隊從側面、後面去出奇制勝。所以善於出奇制勝的，變化無窮就像天地那樣，奔流不盡就像江河那般。完畢了卻又開始，就像日月遞照一樣；過去了卻又再來，就像四季輪轉一般。聲音不過五個音階，可是五個音階的變化，就聽不完了；顏色不過五種顏色，可是五種顏色的變化，就看不盡了；口味不過五種滋味，可是五種滋味的變化，就嚐不完了；作戰的態勢，不過「奇」、「正」兩項，可是奇正的變化，就數不盡了。奇正互相配合運用，就像循環那樣的無始無終，誰能數得盡它呢！

湍急的水，流得這樣快，以至於能沖去石頭的原因，是水流的氣勢造成的；凶猛的鳥，飛得這樣快，以至於能搏擊外物的原因，是鳥飛的節拍造成的。所以善於作戰的人，他造成的氣勢是險峻的，他發出的節拍是急促的。氣勢就像拉開弓弩一樣，節拍就像扣機射箭一般。旌旗紛紛，人馬擾擾，在混亂中戰鬥，要使軍隊不會散亂；車馬旋轉，士兵奔馳，要使陣形圓融靈活，才不會打敗仗。

混亂從安定中產生，怯懦從勇敢中產生，軟弱從堅強中產生。安定或混亂，關係著編制的好壞；勇敢或怯懦，關係著士氣的盛衰；堅強或軟弱，關係著形勢的優劣。

所以善於引誘敵人的人，偽裝假象給敵人看，敵人就會相信它；偽裝要給敵人好處，敵人就會來攻取它。用利益來引誘敵人，用重兵來等候敵人。

因此，善於作戰的人，要從軍隊氣勢上尋找取勝的機會，而不從人的身上去苛求，所以能夠選用人才，而且造成氣勢。造成氣勢的道理，就是他能使人上陣打仗，就好像在轉動木頭、石頭一般。木頭、石頭的本性，放在平穩的地方就靜止，放在陡斜的地方就滾動；方塊的木頭、石頭會停止，圓形的木頭、石頭會滾動。所以善於使人上陣打仗的人，所造成的氣勢，就像轉動圓圓的石頭從八百丈高山上滾下來一樣，這就是氣勢呀！

析論

〈勢篇〉選自《孫子》。主旨是在說明任勢取勝的用兵之道。《孫子》以為用兵之道，妙在運用，不但要有謀略，而且要講形勢。形，是指軍形；勢，是指兵勢。軍形關係攻守，兵勢關係奇正。因此，本篇說到奇正的地方比較多。前人說：「奇正自攻守而用，虛實由奇正而見。」所以在《孫子》這本書中，〈勢篇〉介在〈形篇〉和〈虛實篇〉之間。

《孫子》的這篇文章，開頭所講的「分數」和「形名」，指軍隊的分隊編制，和軍隊的指揮進退，都還是屬於〈形篇〉的問題。古代的軍隊，在作戰時，因為怕人多地廣，彼此不相聞見，所以靠旗鼓來指揮。揮旗則進，偃旗則退；擊鼓則進，鳴金則退。在這攻守進退之間，軍隊的組織編制，假使紛亂不整，試問如何作戰？所以，統率的軍隊，人數既多，就必須先分偏裨之任，定行伍之數，遞相統屬，各加訓練，這樣才能不相擾亂，然後可用以作戰。

「三軍之眾，可使必受敵而無敗者，奇正是也」，指的是本篇所說的奇正問題。

而「兵之所加，如以碬投卵者，虛實是也」，指的是下一篇所要說的虛實問題。宋代張預解釋這段話說：「夫合軍聚眾，先定分數；分數明，然後習形名；形名正，然後分奇正；奇正審，然後虛實可見矣。四事所以次序也。」這一段話分析得頭頭是道，可以信從。

從第二段以下，作者說明奇正和兵勢的道理。所謂奇正，據曹操的說法，是：「先出合戰為正，後出為奇。」用今天的話說，等於是前鋒部隊和突擊部隊的密切配合。孫子以為奇正相生，只要配合得好，就可變化莫測，出奇制勝。唐太宗說得好：「以奇為正，使敵視以為正，則吾以奇擊之；以正為奇，使敵視以為奇，則吾以正擊之。」這種奇正相生的結果，就如同「循環之無端」，必定令敵人難以防範了。韓信用兵，「明修棧道，暗渡陳倉」說是用這個法子。第二投自「故善出奇者」以下，作者用了好幾組整齊對仗的句子，來說明奇正相生，不可勝窮的道理，頗能增加文章的氣勢，同時他的善用譬喻，也使文章充滿了文學的趣味。

第三段說到「勢」的問題。作者說水性雖然柔弱，但是水「勢」湍急奔流的時候，一樣可以漂轉石頭，藉此來說明「勢」的重要。作者又說像鷹隼一類的猛鳥，形體雖然不大，但是牠們一樣可以搏擊撲殺其他的禽獸，主要的原因，就是牠們瞄準的距離速度，能控制得很好。作者用了這些譬喻，也就是說明一個道理：光有勢力還不行，必須懂得節制才可以。此段「紛紛紜紜」以下四句，應該就是在這個基礎上，說明在作戰時，雖然乍看之下，車馬士卒，進退紛紛，氣勢奮張，但是仍然要旗鼓有節，陣形不亂。

第四段說明治與亂、勇與怯、強與弱是對立的，也是能夠互相推移轉化的。推移轉化的關鍵，在於自己是否有嚴整的組織編制，是否造成有利的氣勢，是否處於有利的地位。否則，軍紀不整，士氣低落，居於劣勢，那麼軍隊就會散漫、怯懦、軟弱。可見「勢」是會因人而轉變的。

第五段說明誘敵的方法，藉以說明「勢」是可以奇正相生、虛實互用的。「形之」，指偽裝一個假象給敵人看，「予之」，指用什麼好處來誘惑敵人。這兩種情形，都是「虛」，也就是下文所說的「以利動之」；而「以卒待之」，才是「實」，才是「形之」、「予之」的目的。配合上文來看，「形之」、「予之」就是「正」，而「以卒待之」就是「奇」。

第六段是結語，說明用兵之道，在於「擇人而任勢」，又進一步強調，真正善於作戰的人，在於「求之于勢，不責于人」。任勢，就是造成氣勢，把握時機。這和第三段所說的「是故善戰者，其勢險，其節短」，是可以合看的；和第一段的「兵之所加，如以碫投卵者，虛實是也」，也是可以合看的。勢險節短，是說用兵要以險峻急速為本，這樣才能如峻坂走丸，用力甚微而成功甚大。以碫投卵，是說石頭和雞蛋形狀都是圓的，一實一虛，配合得好，就可以我之碫，擊敵之卵。第六段中，以轉木石來比喻用兵，說明安危動靜、方圓行止，是相對立的，也是會推移變化的。運用得好，就是「危則動」、「圓則行」，也就是「如轉圓石于千仞之山」一樣，可以造成莫可抗拒的氣勢。

杜牧解釋這段話說：「轉石於千仞之山，不可止遏者，在山不在石也。戰人有百勝之勇，強弱一貫者，在勢不在人也。」對讀者而言，應該很有參考價值。

【柒】

孟子

《孟子》解題

孟子名軻，字子輿，一說字子車，戰國時鄒人（今山東鄒縣），大約生於西元前三八五年前後，卒於西元前三〇四年前後。他在少年時代曾受到良好的家庭教育，長成後，研究儒家學說，尊周、孔，闢楊、墨，主性善，重仁義，繼承了孔子的思想，是戰國中期儒家的代表人物。宋代以後，被尊為「亞聖」，與孔子並稱。

《孟子》一書，共七篇，是孟子和他的學生萬章等人共同編定的。書中記載了孟子的言論和事跡，是研究先秦學術思想的重要典籍。它被古人推崇為儒家的經典之一，也是古代科舉考試的必讀教科書。

《孟子》一書，在文學史上，也佔有重要的地位。唐宋時期的古文大家，幾乎都以《孟子》的文章為典範。它對後世散文寫作的影響很大。《孟子》文章的特色，是氣勢雄渾，感情充沛，辯鋒犀利，說理透徹，特別是他善於運用譬喻，或寓警策於幽默之中，或抒豪情於哲理之外，不但富有深刻的思想意義，而且文章又生動鮮明，最為後人所稱道。

《孟子》的參考書，除了《十三經注疏本》和《四書集註》本外，清代焦循《孟子正義》、戴震《孟子字義疏證》都是重要的參考書，今人楊伯峻的《孟子譯注》等書，則對初學者有很大的方便。

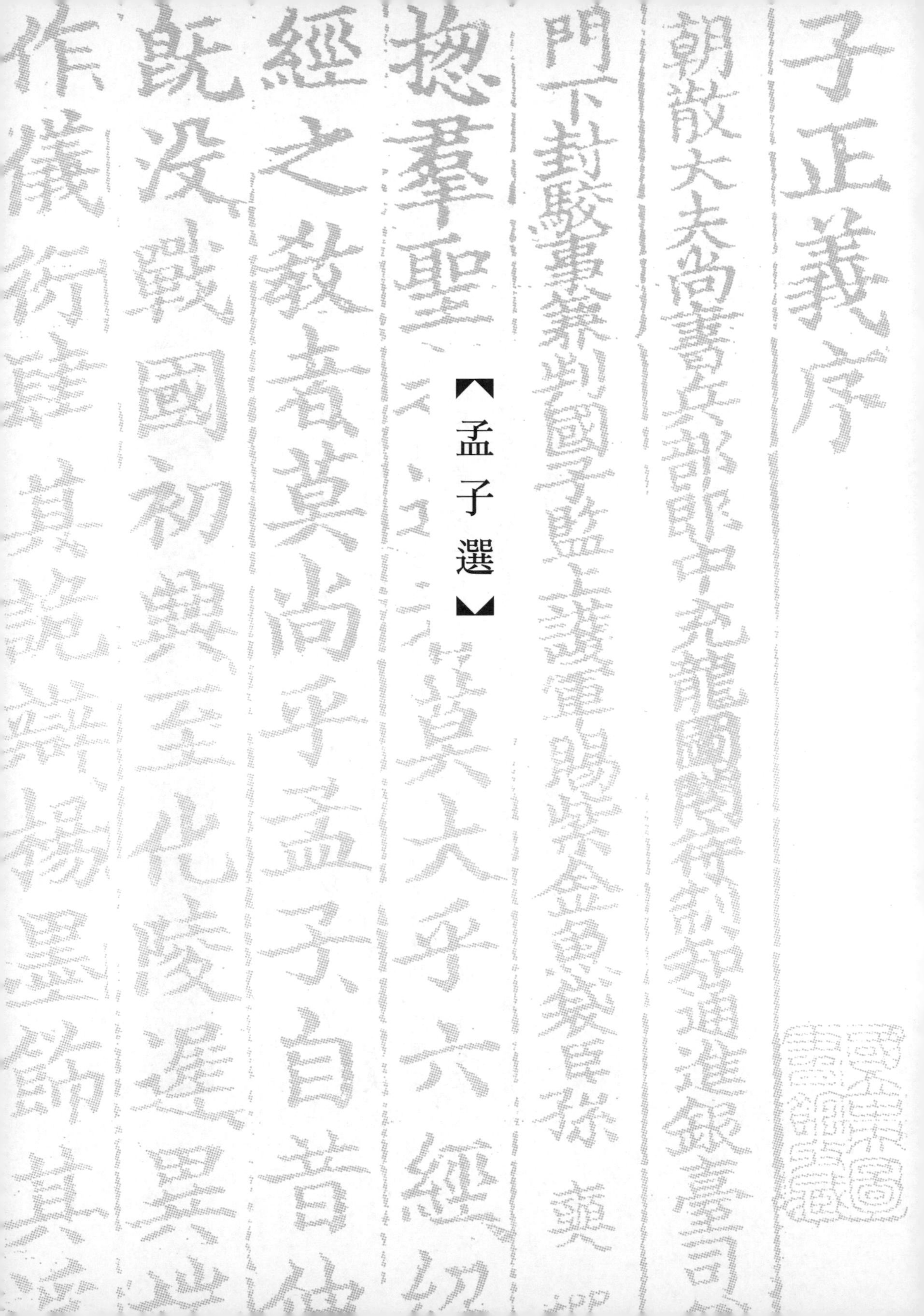
子正義序
朝散大夫尚書兵部郎中充龍圖閣待制知通進銀臺司
門下封駮事兼判國子監上護軍賜紫金魚袋臣孫 奭
惣羣聖
莫大乎六經
經之教者莫尚乎孟子自昔
既沒戰國初興至化陵遲異端
作儀衍肆其詭辯楊墨飾其

【孟子選】

論義利

孟子

一

孟子見梁惠王❶。王曰：「叟❷不遠千里而來，亦將有以利吾國乎？」孟子對曰：「王何必曰利，亦有仁義而已矣！王曰『何以利吾國？』大夫曰『何以利吾家？』士、庶人❸曰『何以利吾身？』上下交征❹利，而國危矣。萬乘之國，弒其君者，必千乘之家❺；千乘之國，弒其君者，必百乘之家❻。萬取千焉，千取百焉，不為不多矣；苟為後義而先利，不奪不饜❼；未有仁而遺其親者也，未有義而後其君者也。王亦曰仁義而已矣，何必曰利？」

【注釋】

❶梁惠王：就是魏惠王，名罃，「惠」是諡號。魏惠王因遷都大梁（今河南開封），所以又稱梁惠王。

❷叟：對老年人的稱呼。

❸士：為貴族服務的士人。庶人：平民，一般老百姓。

❹交：互相。征：爭取。

❺萬乘：是說擁有兵車一萬輛。兵車一輛叫一乘。周朝規定天子擁有兵車萬乘，諸侯千乘，大國的卿相百乘。到了戰國時代，若干大國諸侯都已經擴充軍備，各自擁有兵車萬乘，自己稱王，所以叫做「萬乘之國」。他們的卿相也都各自擁有兵車千乘，所以叫做「千乘之家」。

❻千乘之國：指擁有兵車千輛的國家。百乘之家：指擁有兵車百輛的卿相。

❼饜（音「驗」）：滿足。

【語譯】

孟子拜見梁惠王。王說：「老先生，您不辭遠從千里趕來，也準備有什麼利益貢獻給我的國家吧？」

孟子回答說：「大王您為什麼一定要談到利益呢？能談的也只有仁義罷了吧！假使大王只談『怎樣才可以圖利我的國家？』大夫只談『怎樣才可以圖利我的家族？』士人、平民只談『怎樣才可以圖利我自己？』上上下下只懂互相爭取利益，那麼國家便危險了。在兵車萬輛的國家，能殺他們國君的，必定是能出兵車千輛的大夫；在兵車千輛的國家，能殺他們國君的，必定是能出兵車百輛的大夫。這些大夫，在兵車萬輛的國家中，擁有兵車千輛；在兵車千輛的國家中，擁有兵車百輛，已經不能不說相當多了。可是，他們如果忽視仁義而重視權利，那麼不爭奪是不會滿足的。從來沒有一個仁人卻會遺棄他親長的，也從來沒有一個義士卻會輕視他君上的；大王也只有談仁義就可以了吧，何必要談到利益呢？」

二

宋牼將之楚❶，孟子遇於石丘❷。曰：「先生❸將何之？」

曰：「吾聞秦、楚構兵❹。我將見楚王說❺而罷之；楚王不悅，我將見秦王說而罷之。二王，我將有所遇焉。」

曰：「軻也請無問其詳，願聞其指❻，說之將何如？」

曰：「我將言其不利也。」

曰：「先生之志則大❼矣，先生之號❽則不可。先生以利說秦、楚之王，秦、楚之王悅於利以罷三軍之師；是三軍之士樂罷而悅於利也。為人臣者懷利以事其君，為人子者懷利以事其父，為人弟者懷利以事其兄；是君臣、父子、兄弟，終去仁義、懷利以相接；然而不亡者，未之有也。先生以仁義說秦、楚之王，秦、楚之王悅於仁義而罷三軍之師；是三軍之士樂罷而悅於仁義也。為人臣者懷仁義以事其君，為人子者懷仁義以事其父，為人弟者懷仁義以事其兄；是君臣、父子、兄弟去利、懷仁義以相接也；然而不王❾者，未之有也。何必曰利！」

【注釋】

❶ 宋牼（音「坑」）：《莊子．天下篇》、《荀子．非十二子篇》作「宋鈃」。一作「宋榮」。宋國人，和孟子、尹文子、彭蒙、慎到同時。他主張寡欲，反對攻戰，是當時著名的學者。之：往。

❷ 石丘：當時宋國地名。在今河南省境內。

❸ 先生：對前輩的通稱。據說孟子比宋牼年長，所以這裡只是孟子自謙之辭。

❹ 構兵：交兵，打仗。

❺ 說：遊說。

❻ 指：同「旨」，宗旨。

❼ 大：善。

❽ 號：用作號召的理由。

❾ 王（音「忘」）：是說用王道統治天下。

【語譯】

宋牼將要到楚國去，孟子在石丘這個地方遇見了他。孟子問：「先生準備往哪裡去？」他說：「我聽說秦、楚兩國正在交兵打仗。我準備去見楚王，勸他息兵；如果楚王不同意，我準備去見秦王，勸他息兵。在兩個國王之間，我總會有機會遇見一個聽話的。」

孟子說：「我孟軻呀不想問得太詳細，只希望知道你說辭的大意，準備怎樣去勸解他們？」

他說：「我準備告訴他們打仗是對自己不利的。」

孟子說：「先生的抱負是偉大的了，可是先生的理由卻不行。先生拿利益做基礎去勸說秦、楚的國王，秦、楚的國王假使喜歡你所說的利益而撤回他們的三軍將士；這便是表示他們的三軍將士樂於撤回，是愛好私利。做人臣下的，挾著私利去事奉他的君上；做人兒子的，挾著私利去事奉他的父親；做人弟弟的，挾著私利去事奉他的兄長，這便是君臣、父子、兄弟之間，全丟開仁愛，挾著私利來相結合；這樣子卻還不滅亡的國家，從來還沒有過呢。先生如果拿仁義做基礎去勸說秦、楚的國王，秦、楚的國王喜歡仁義而撤回他們的三軍將士；這便是表示他們的三軍將士樂於撤回，是愛好仁義。做人臣下的，懷著仁義去事奉他的君上；做人兒子的，懷著仁義去事奉他的父親；做人弟弟的，懷著仁義去事奉他的兄長，這便是君臣、父子、兄弟之間，全丟開私利，靠著仁義來相結合；這樣子卻還不興盛的國家，從來還沒有呢。何必談利？」

析論

這兩段文章都選自《孟子》，前一段選自〈梁惠王篇上〉，後一段選自〈告子篇下〉。可以看出孟子主張重仁義而輕功利。

這兩段論義利的文字，可以看作孟子對價值問題的具體論證。這個論證是從義就是理，它具有普遍性，和利就是欲，它具有衝突性，從這兩方面對照來立論。當我們有什麼主張的時候，必須以「理」為基礎，然後我們才能要求別人接受它。假使我們以「利」為基礎，來提出主張，那麼由於「利」具有衝突性，對我有利的，可能就對別人不利，因此往往會形成衝突，訴諸武力。一切道德問題、價值問題，在本質上，其實只是一個「理」的問題。合乎理的，就應該說，就應該做；不合乎理的，就不應該說，不應該做。孟子便就此來發揮「義利之辨」的理論。

義利之辨本來可以從兩方面來說，一方面是就個人的理性自覺來說，一方面是就生活的規範來說。就生活的規範來說，如果每個人都以「利」為出發點，那麼彼此的利益不同，結果只有你爭我奪，鬧到水火不相容，人則互相仇殺，國則互相攻伐。孟子所說的「上下交征利，而國危矣」，就是這個意思。就個人的理性自覺來說，義利之辨，就是是非的判斷問題。說得深入一點，義利之辨也就是道德問題的關鍵所在。我們若能如理由義，那麼不論行為如何，都是實踐了道德；反之，我們如以「利」為目的，那麼，一切行為都出於私心，不論結果如何，都與禽獸無異。所以義利之辨，也就是是非之辨，也就是公義與私利的差異所在。

在選錄的這兩段文章中，孟子所說，都是就生活的規範來說的，所以扣緊國家的「危」、「亡」來講。換句話說，他只是說明行不由義，便不能建立社會規範，便不能維持國家秩序。孟子所以專就這一方面來講，自然與當時的環境和談話的對象有關。孟子的時代，列國相爭，在位者（如梁惠王）與當時名士（如宋牼）都關心國家的安危問題，而且總是從「利」字上著眼。所以孟子特別指出，不能捨利而就義、去人欲而行天理，必定會「上下交征利」，國家也必定走向危亡。這對當時的人來說，真是一記當頭棒喝。

這兩段文章，前一大段分為兩節，第一節記梁惠王問孟子所來何為，第二節記孟子的答話。孟子劈頭便說，為政者只能就「仁義」著眼，不必談「利」。接著便說以利為主的話，大家必然只知道爭權奪利。從國君、大夫到士和庶人，如果各為自己利益打算，那麼大夫必定要去弒君，士和庶人也必定不肯遵守國家社會的規範秩序。國家社會的秩序，本來有一個共同規範，假使人人只講利益，就不會去遵守了。最後，孟子強調，人如果順從仁義，遵守秩序，就必定能愛護國家，尊重國君。

後一大段，前兩句交代孟子與宋牼途中相遇，下面就記敘二人的對話。宋牼要去遊說秦、楚兩國的國君，勸他們不要打仗，理由是：作戰對自己國家「不利」。孟子告訴他說，這樣做，如果成功了，還是使人各為利益打算，還是會「上下交征利」，不能從根本解決問題。因此孟子主張仁義，而反對功利。

齊桓晉文之事

孟子

齊宣王❶問曰：「齊桓、晉文❷之事，可得聞乎？」

孟子對曰：「仲尼之徒無道桓、文之事者，是以後世無傳焉，臣未之聞也。無以，則王乎❸？」

曰：「德何如則可以王矣？」

曰：「保❹民而王，莫之能禦也。」

曰：「若寡人者，可以保民乎哉？」

曰：「可。」

曰：「何由知吾可也？」

曰：「臣聞之胡齕❺曰，王坐於堂上，有牽牛而過堂下者，王見之，曰：『牛何之❻？』對曰：『將以釁鐘❼。』王曰：『舍❽之！吾不忍其觳觫❾，若無罪而就死地。』對曰：『然則廢釁鐘與❿？』曰：『何可廢也？以羊易之！』——不識有諸⓫？」

曰：「有之。」

曰：「是心足以王矣。百姓皆以王為愛⓬也，臣固知王之不忍也。」

王曰：「然，誠有百姓者。齊國雖褊⓭小，吾何愛一牛？即不忍其觳觫，若無罪而就死地，故以羊易之也。」

曰：「王無異⓮於百姓之以王為愛也。以小易大，彼惡知之？王若隱⓯其無罪而就死地，則牛羊何擇⓰焉？」

王笑曰：「是誠何心哉！我非愛其財而易之以羊也，宜乎百姓之謂我愛也。」

曰：「無傷也。是乃仁術也，見牛未見羊也。君子之於禽獸也，見其生，不忍見其死，聞其聲，不忍食其肉。是以君子遠庖廚也⓱。」

王說⓲曰：「詩云：『他人有心，予忖度之。』⓳夫子之謂也。夫我乃行之，反而求之，不得吾心。夫子言之，於我心有戚戚⓴焉。此心之所以合於王者，何也？」

【注釋】

❶ 齊宣王：威王之子，名辟疆。據說，孟子在見了梁襄王之後，便離開魏國，到了齊國，這時齊宣王

即位不過兩年。齊宣王即位以後，以田忌、孫臏為將，力圖稱霸諸侯，一時文學遊說之士，如鄒衍、田駢、慎到等人，也集中到齊國來，所以他向孟子問起五霸之事。

❷ 齊桓、晉文：齊桓公名小白，晉文公名重耳，在春秋時代先後稱霸，為「五霸」之首。

❸ 以：同「已」，止的意思。無以：猶言「不得已」。王：王道。

❹ 保：安。

❺ 胡齕（音「何」）：人名，齊王的近臣。

❻ 之：往。

❼ 釁：這是古禮的一種儀式，當國家有新的重要器物或宗廟落成的時候，都要宰殺牲口來祭祀。殺牲取血，塗在鐘器的孔隙，就叫釁鐘。

❽ 舍：同「捨」。

❾ 觳觫（音「胡素」）：形容牛就屠前恐懼戰慄的樣子。俞樾《孟子平議》把下句「若」字屬此句讀，楊樹達《古書句讀釋例》以「吾不忍其觳觫若無罪而就死地」十三字作一句讀，都不足取。

❿ 與：同「歟」。

⓫ 諸：「之乎」的合音。

⓬ 愛：這裡是吝嗇的意思。

⓭ 褊：小，狹小。

⓮ 異：奇怪，疑怪。

⓯ 隱：痛，哀痛，可憐。

⓰ 擇：區別。

⓱ 君子：有時指有德的人，有時指在位（官職）的人，這裡兩者都是。遠：這裡是使他遠離的意思。

⓲ 說：同「悅」，高興，喜歡。

⑲ 此句見《詩經．小雅．巧言》。忖度：揣想。

⑳ 戚戚：心動的樣子。

【語譯】

齊宣王問道：「齊桓公、晉文公在春秋時代稱霸的事蹟，我可以聽聽嗎？」

孟子答道：「孔子的學生，沒有談到齊桓公、晉文公的，所以後代沒有什麼傳聞，我也不曾聽到過。如果不得已，一定要我說，那麼我就說說王道吧！」

宣王問道：「要有怎樣的道德，才能夠用王道統一天下呢？」

孟子說：「一切為安定百姓的生活而努力，這樣去統一天下，沒有人能夠阻擋的。」

宣王說：「像我這樣的人，能夠安定百姓的生活嗎？」

孟子說：「能夠。」

宣王說：「為什麼知道我能夠呢？」

孟子說：「我聽到胡齕告訴我一件事：王坐在大殿之上，有人牽著牛從殿下經過，王看到了，便問道：『牽著牛往哪裡去？』那人答道：『準備宰了祭鐘。』王便道：『放了牠！看牠那哆嗦可憐的樣子，好像是毫無罪過卻被送進屠場。』那人答道：『那麼，要廢除祭鐘這一儀節嗎？』王又說：『怎麼可以廢除呢？用隻羊來代替吧！』——不曉得果真有這樣一回事嗎？」

宣王說：「有這回事。」

孟子說：「憑著這種好心就可以統一天下了。老百姓都以為王是吝嗇，而我早就知道王是不忍心的。」

宣王說：「對呀，確實有這樣的百姓。齊國土地雖然狹小，我何至於捨不得一隻牛呢？我就是不忍心看牠那種哆嗦可憐的樣子，好像是毫無罪過而被送進屠場，所以才用羊來代替牠。」

孟子說：「王也不必奇怪百姓說王吝嗇。用小的羊代替大的牛，他們哪能體會到王的深意呢？如果說王可憐牠毫無罪過卻被送進屠場，那麼宰牛和宰羊又有什麼不同呢？」

宣王笑著說：「這個我真連自己也不懂是什麼心理了！我的確不是吝嗇錢財才用羊去代替牛。難怪百姓要說我吝嗇了。」

孟子說：「沒有什麼關係。王這種不忍之心才合乎仁愛之道呢。問題在於：王看見了牛，卻沒有看見羊，君子對於飛禽走獸，看見牠們活著，便不忍心看到牠們死去；聽到牠們悲鳴哀號，便不忍心吃牠們的肉。因此，君子才遠離庖廚吧。」

宣王很高興地說：「《詩經》上說：『別人有什麼想法，我用心去揣摩它。』您就是這樣的人。我呢，只是事情這樣做了，回頭問自己為什麼要這樣做，自己卻說不出所以然來。您老人家這麼一說，我的心便深有同感了。但我這種心情，能夠合乎王道，又是什麼道理呢？」

曰：「有復於王者曰：『吾力足以舉百鈞❶，而不足以舉一羽；明足以察秋毫之末❷，而不見輿薪』，則王許❸之乎？」

曰：「否。」

「今❹恩足以及禽獸，而功不至於百姓者，獨何與？然則一羽之不舉，為不用力焉；輿薪之不見，為不用明焉；百姓之不見保，為不用恩焉。故王之不王，不為也，非不能也。」

曰：「不為者與不能者之形，何以異？」

曰：「挾太山以超北海❺，語人曰：『我不能。』是誠不能也。為長者折枝❻，語人曰：『我不能。』是不為也，非不能也。故王之不王，非挾太山以超北海之類也；王之不王，是折枝之類也。

「老吾老，以及人之老；幼吾幼，以及人之幼。天下可運於掌❼。詩云：『刑于寡妻，至于兄弟，以御于家邦。』❽言舉斯心加諸彼而已。故推恩足以保四海，不推恩無以保妻子。古之人所以大過人者，無他焉，善推其所為而已矣，今恩足以及禽獸，而功不至於百姓者，獨何與？

「權，然後知輕重；度❾，然後知長短。物皆然，心為甚。王請度之！抑❿王興甲兵，危士臣，搆怨於諸侯，然後快於心與？」

【注釋】

❶鈞：三十斤為一鈞。
❷秋毫之末：有人說是鳥獸秋天細毛的尖端，有人說是禾穗上芒刺的尖端，總之是極細小的東西。
❸許：聽信。
❹「今」字前省去「曰」字，表示孟子的話緊接齊宣王的話。
❺太山即泰山，北海即渤海。《墨子．兼愛篇中》：「譬若挈太山越河、濟也。」可見「挾太山以超北海」是當時常用的譬喻，比喻事情之難。
❻折枝：古來有三種解釋：一、折取樹枝。二、彎腰或屈臂行禮。三、按摩搔癢。
❼此句意同《列子．湯問篇》：「大王治國誠能若此，則天下可運於一握。」運：轉動。
❽刑：同「型」，猶言示範。寡妻：正妻，原配。寡：大。御：治。家邦：國家。詩見《詩經．大雅．思齊》。
❾度：量。
❿抑：或者，還是。

【語譯】

孟子說：「假使有一個人向王報告：『我的力氣能夠舉重三千斤，卻不能拿起一根羽毛；目力能夠察辨秋天鳥獸細毛的尖端，卻瞧不見一車子柴木。』那麼您肯相信這種話嗎？」

宣王說：「不。」

（孟子便馬上接著說：）「如今王的好心，能夠推及飛禽走獸，卻不能推到百姓身上，這又是為什麼呢？這樣看來，一根羽毛都拿不起，只是不肯用力氣而已；一車子柴木都瞧不見，只是不肯用眼睛而已；老百姓得不到安定的生活，只是不肯施恩而已。所以王的不施行仁政來統一天下，只是不肯幹，不是不能幹。」

宣王說：「不肯幹和不能幹的現象，有什麼不同呢？」

孟子說：「想挾持著泰山而跳過北海，告訴別人說：『這個我不能做到。』是真的不能做到。替老年人折取樹枝，告訴別人說：『這個我不能做到。』這是不肯幹，不是不能幹。王的不行仁政，不是屬於挾持著泰山跳過北海那一類；王的不行仁政，是屬於替老年人折取樹枝的一類。

「尊敬我家裡的長輩，從而推廣到尊敬別人家裡的長輩；愛護我家裡的兒女，從而推廣到愛護別人家裡的兒女。這樣去統一天下，就像在手心裡轉動東西那麼容易。《詩經》上說：『先給妻子做榜樣，再推廣到兄弟身上，進而推廣到封邑和國家。』這就是說，把這樣好的心意擴大到其他方面去就對了。所以能推廣恩惠，便足以安定天下；不推廣恩惠，甚至連自己的妻子都保護不了。古代的聖賢之所以遠遠超過一般人的原因，沒有別的，只是他們善於推行他們的德行罷了。如今您的好心意，能夠推及飛禽走獸，百姓卻得不著好處，這又是什麼緣故呢？

「秤一秤，然後才曉得輕重；量一量，然後才曉得長短。什麼東西都如此，人的心更需要這樣。王，希望您考慮這件事情！

「或者說，王要發動戰爭，使將士冒著危險，去和別的國家結仇搆怨，這樣做然後您心裡才覺得痛快嗎？」

王曰：「否；吾何快於是？將以求吾所大欲也。」

曰：「王之所大欲，可得聞與？」

王笑而不言。

曰：「為肥甘不足於口與？輕煖不足於體與？抑為采色❶不足視於目與？聲音不足聽於耳與？便嬖❷不足使令於前與？王之諸臣皆足以供之，而王豈為是哉？」

曰：「否；吾不為是也。」

曰：「然則王之所大欲可知已，欲辟❸土地，朝秦、楚莅中國而撫四夷也❹。以若❺所為求若所欲，猶緣木而求魚也。」

王曰：「若是甚與？」

曰：「殆有甚焉❻。緣木求魚，雖不得魚，無後災。以若所為求若所欲，盡心力而為之，後必有災。」

曰：「可得聞與？」

曰：「鄒人與楚人戰❼，則王以為孰勝？」

曰：「楚人勝。」

曰：「然則小固不可以敵大，寡固不可以敵眾，弱固不可以敵強。海內之地，方千里者九❽，齊集❾有其一。以一服八，何以異於鄒敵楚哉？蓋❿亦反其本矣。

「今王發政施仁，使天下仕者皆欲立於王之朝，耕者皆欲耕於王之野，商賈皆欲藏於王之市，行旅皆欲出於王之塗⓫，天下之欲疾其君者皆欲赴愬於王⓬。其若是，孰能禦之？」

【注釋】

❶ 采色：即彩色。

❷ 便嬖：在君王左右，受到寵幸的人。

❸ 辟：同「闢」，開闢。

❹ 朝：使其朝見。莅（音「力」）：臨，君臨。中國：指中原地區。撫：鎮撫。四夷：指四方的外族。

❺ 若：如此，後來寫作「偌」。

❻ 殆：副詞，表示不肯定。大概、幾乎、可能的意思。有：又。

❼ 鄒：國名，就是邾國，一作「邾婁」，國土極小。今山東鄒縣東南有邾城，當是其地。楚：春秋、戰國時代的大國。

❽ 方千里者九：當時學者如鄒衍倡言中國有九州，共九千平方里。

❾ 齊集：把齊國的土地全部湊合起來。

❿ 蓋：同「盍」，「何不」的合音。

⓫ 塗：同「途」。

⓬ 疾：憎恨。愬：同「訴」。

【語譯】

宣王說：「不。我為什麼要這麼做才覺得痛快呢？我只不過是藉此來滿足我的大慾望而已啊。」

孟子說：「王的大慾望是什麼呢？我可以聽聽嗎？」

宣王笑了笑，卻不說話。

孟子便說：「是為了肥美可口的食物不夠吃呢？是為了輕便暖和的衣服不夠穿呢？或者是為了豔麗的色彩不夠看呢？美妙的音樂不夠聽呢？還是為了伺候的人不夠您使喚呢？這些，您手下的人員都能夠盡量供給，難道您真是為了這些嗎？」

宣王說：「不，我不是為了這些。」

孟子說：「那麼，您所說的大慾望可以知道了。您是想要擴張國土，使秦、楚等國都來國中朝貢，自己做天下的盟主，而且安撫四周的外族。不過，以您這樣的作法想滿足您這樣的慾望，卻好像是爬到樹上去捉魚一樣。」

宣王說：「會有這樣嚴重嗎？」

孟子說：「恐怕比這更嚴重呢。爬到樹上去捉魚，雖然捉不到魚，卻沒有後患。以您這樣的作法想滿足您這樣的慾望，如果費盡心力去追求，以後一定會有禍害發生。」

宣王說：「我可以聽聽這個道理嗎？」

孟子說：「假使鄒國人和楚國人打仗，那麼，您以為哪一國會打勝仗？」

宣王說：「楚國會勝。」

孟子說：「從這裡便可以看出：小國本來就不可以對抗大國，人口稀少的國家本來就不可以對抗人口眾多的國家，弱國本來就不可以對抗強國。現在四海之內的土地，總面積約九百萬平方里，齊國全部土地加起來，不過一百萬平方里。以九分之一的力量去克服其餘的九分之八，這和鄒國之對抗楚國有什麼分別呢？為什麼不回頭來想辦法呢？

「現在王如果能改革政治，施行仁德，使天下的士大夫都想到齊國來做官，農夫都想到齊國來種地，行商坐賈都想到齊國來做生意，來往的旅客也都想取道齊國，各國痛恨本國君主的人們也都想到您這裡來控訴。果然能做到這樣，又有誰能抵擋得住呢？」

王曰：「吾惛❶，不能進於是矣。願夫子輔吾志，明以教我。我雖不敏，請嘗試之。」

曰：「無恆產而有恆心者，惟士為能。若民，則無恆產❷，因無恆心。苟無恆心，放辟邪侈，無不為已。及陷於罪，然後從而刑之，是罔❸民也。焉有仁人在位，罔民而可為也？是故明君制❹民之產，必使仰足以事父母，俯足以畜❺妻子，樂歲終身飽，凶年免於死亡；然後驅而之善，故民之從之也輕❻。

「今也制民之產，仰不足以事父母，俯不足以畜妻子；樂歲終身苦，凶年不免於死亡。此惟救死而恐不贍❼，奚暇❽治禮義哉？

「王欲行之，則盍❾反其本矣：五畝之宅，樹之以桑，五十者可以衣帛矣。雞豚狗彘之畜❿，無失其時，七十者可以食肉矣。百畝之田，勿奪其時，八口之家可以無飢矣。謹庠序之教⑪，申⑫之以孝悌之義，頒白者不負戴於道路矣⑬。老者衣帛食肉，黎民不飢不寒，然而不王者未之有也。」

【注釋】

❶惛：同「昏」。

❷若：轉折連詞，至於的意思。則：假設連詞，假若。

❸罔：同「網」，此處猶言陷害、欺騙。

❹制：訂立，規定。

❺畜：同「蓄」，撫養。

❻輕：輕易，容易。

❼贍：足夠。

❽奚暇：哪裡有空。奚：何。

❾盍：「何不」的合音。

❿豚：小豬。彘（音「至」）：大豬。這句是指家裡豢養的畜牲。

⓫謹：重視。庠、序：都是古代學校的名稱。

⓬申：反覆開導。

⓭頒白者：指頭髮半黑半白的人。負：背上背著東西。戴：頭上頂著東西。

【語譯】

宣王說：「我頭腦昏亂，對您的理想不能再有進一步的體會，希望您能輔佐我完成願望，明明白白地教導我。我雖然不聰敏，也願意試它一試。」

孟子說：「沒有固定的產業收入，卻有一定的道德規範的，只有士人才能夠做到。至於一般人，如果沒有一定的產業收入，便因此也沒有一定的道德規範。只要沒有一定的道德規範，就會胡作非為，違法亂紀，什麼事都幹得出來了。等到他們犯了罪，然後去加以處罰，這就等於是陷害人民了。哪裡有仁愛的人坐在朝廷上，卻做出陷害老百姓的事呢？所以英明的君主，規定人們的產業收入，一定要使他們上足以贍養父母，下足以撫養妻兒；好年成，豐衣足食；壞年成，也不致餓死。然後再去引導他們走上善良的道路，那麼老百姓也就很容易聽從命令了。

「現在呢，規定人們的產業收入，上不足以贍養父母，下不足以撫養妻兒；好年成，也是艱難困苦；壞年成，更免不了死路一條。這樣，每個人光想救活自己都還怕能力不夠，哪有閒工夫學習禮儀呢？

「王如果要施行仁政，那麼為什麼不回頭從根本想辦法呢？每家給他五畝土地的住宅，四圍種植著桑樹，那麼，五十歲的人都可以穿絲綿襖衣了。雞豚狗豬這類的家畜，都有工夫去飼養、繁殖，那麼，七十歲的人就都可以吃肉了。一家給他一百畝田地，並且不在農忙時節去妨礙他的生產，八口人的家庭便都可以不挨餓了。重視各級學校的教育，反覆開導孝順父母、敬愛兄長的道理，那麼，鬚髮半白的人，就不致背負著、頭頂著東西，在路上行走了。年老人個個穿帛衣、吃肉類，一般人不餓不凍，這樣而不能使天下歸服的，那是從來沒有的事情。」

析論

這篇文章，選自《孟子．梁惠王篇上》，是孟子晚年第二次到齊國時，和齊宣王的一次談話紀錄。主要是闡述仁政王道的問題，但是全篇沒有大段的說教，而是採用對話談天的方式，來表現了這嚴肅的主題。

齊宣王是個野心勃勃的君王。他曾攻破燕都（西元前三一四年），雄據東土，一心想要稱霸諸侯，君臨天下。而孟子是主張仁政的儒者，在政治上一向反對用武力征服天下的霸道。因此，當齊宣王請他談談有關齊桓公、晉文公的霸業時，孟子避而不答，反而利用這次機會，巧妙地把話題引向關於行仁政、王天下的討論。

行仁政，王天下，這種觀念是孟子政治思想的核心。它包括與民同樂，關心人民疾苦；減輕賦稅，限制土地兼併；尊重賢能，加強教育和反對戰爭，等等。〈齊桓晉文之事〉這篇文章，反映了孟子的仁政學說，說明了「保民而王，莫之能禦」的道理，是孟子重要的代表作之一。

這篇文章，可以分為四個大段。

第一大段，從文章開頭到「此心之所以合於王者何也」，主要說明施行王道的關鍵在於保民，而保民的依據是「不忍之心」。

這一段，孟子首先用不屑的口氣，否定了齊宣王所嚮往的齊桓公、晉文公的霸業，然後提出「保民而王」的主張。從「以羊易牛」的具體事情中，找出齊宣王的一點「不忍之心」，告訴他說：「是心足以王矣。」齊宣王聽了之後，果然非常高興，視孟子如同知己，因此極有興趣地問起「王天下」之事。

第二大段，從「有復於王者曰：吾力足以舉百鈞……」到「然後快於心與」為止，寫孟子批評齊宣王不行王道，是不做，而非不能。

在這一段文字中，孟子已經完全掌握了談話的先機，於是用了「明察秋毫」、「挾太山以超北海」等兩組極度誇張、對比鮮明的譬喻，講述了「推恩」、「保民」能夠稱王於天下的道理。這一段文字，步步擴充，層層深入，讀來引人入勝，文中雖然不具體描寫人物的形象性格，但孟子的機智善辯，齊宣王的貪鄙昏憒，卻同樣躍然紙上。這是利用對話來刻劃人物的一段精妙文字。

第三大段，從「王曰：否，吾何快於是」，到「其若是，孰能禦之」為止，主要是說明圖霸必有災禍，推行王道則前途光明。

這段一開始，孟子就緊緊扣住齊宣王說的「將以求吾所大欲」的話，乘勢追問「所大欲」的內容到底是什麼。他接連舉出「肥甘」、「輕煖」、「采色」、「聲音」、「便嬖」等等非宣王所求之大欲的東西，加以猜測誘導，而引出宣王稱霸天下的「大欲」所在。然後，突然用「緣木求魚」的比喻，直截了當指出這個野心不可能成功；「鄒人與楚人戰」和「以一服八」的比喻，則暗示齊宣王，「興甲兵，危士臣」的結果，會自招禍端。在齊宣王驚魂未定之際，孟子又提出避凶趨吉的辦法，從正面闡述「發政施仁」的美好前景。文章跌宕有致，波瀾起伏，充分表現了孟子作品的特色。

第四大段，從「吾惛，不能進於是矣」到結尾，寫齊宣王被孟子的高論所折服，孟子進而全面闡述了施行王道政治的根本措施。文章從分析「恆產」和「恆心」的關係入手，說明「富民」、「教民」的重要和內容，末了又歸結到「保民而王」這個主張，呼應文章的開頭，使首尾一致。

孟子的文章，善於雄辯，長於譬喻，像本篇文字中，一共使用了五個譬喻，即「明察秋毫」、「挾太山以超北海」、「為長者折枝」、「緣木求魚」和「鄒楚之戰」。這些譬喻形象鮮明，內容深刻，使這篇文章生色不少，而這也是孟子文章的特色。

四端

孟子

孟子曰：「人皆有不忍人之心❶。先王有不忍人之心，斯❷有不忍人之政矣。以不忍人之心，行不忍人之政，治天下可運之掌上❸。

「所以謂人皆有不忍人之心者：今人乍❹見孺子❺將入於井，皆有怵惕❻惻隱❼之心；非所以內交❽於孺子之父母也，非所以要譽❾於鄉黨朋友也，非惡其聲而然也❿。

「由是觀之：無惻隱之心，非人也；無羞惡之心⓫，非人也；無辭讓之心⓬，非人也；無是非之心⓭，非人也。

「惻隱之心，仁之端⓮也；羞惡之心，義之端也；辭讓之心，禮之端也；是非之心，智之端也。

「人之有是四端也，猶其有四體⓯也。有是四端而自謂不能者，自賊者⓰也；謂其君不能者，賊其君⓱者也。凡有四端於我者，知皆擴而充之矣，若火之始然⓲，泉之始達。苟能充之，足以保四海；苟不充之，不足以事父母。」

【注釋】

❶ 不忍人之心：不願他人受害的同情心。
❷ 斯：乃，於是。
❸ 運之掌上：把它放在手掌上轉動，比喻容易的意思。
❹ 乍：突然的意思。
❺ 孺子：剛能走路的幼童。
❻ 怵（音「觸」）惕：驚恐的樣子。
❼ 惻隱：悲痛憐憫的意思。朱熹說：「惻，傷之切也；隱，痛之深也。」亦即上文的「不忍人之心」。
❽ 內：通「納」。內交：即納交，也就是結交。
❾ 要（音「妖」）：求。要譽：沽取名譽。
❿ 非惡其聲而然也：不是討厭他的聲音才這樣呀。一說，不是怕得到不仁的名聲才這樣做。
⓫ 羞惡之心：羞恥的想法。是說自己做了壞事，會感到羞恥，看見別人做壞事就感到憎惡的一種心理。
⓬ 辭讓之心：謙虛退讓的想法。《孟子．告子篇上》說是「恭敬之心」。
⓭ 是非之心：是非對錯的觀念，也就是以善為是、以惡為非的想法。
⓮ 端：本作「耑」，根本、開頭、來源的意思。
⓯ 四體：四肢。
⓰ 自賊：自我貶抑，自己殘害。
⓱ 賊其君：傷害到他的君王，陷君於惡的意思。
⓲ 然：同「燃」，燒。

【語譯】

孟子說：「人人都有不願傷害別人的觀念。古代聖王有不願傷害別人的觀念，因此才有不願傷害人民的政治。憑著不願傷害人民的觀念，來推行不願傷害人民的政治，治理天下就可以像轉動它在手掌上一樣容易。

「我所以說人人都有不願傷害別人的觀念，道理是：假設現在有人突然看見小孩子要掉進井裡了，都會有驚慌憐憫的心情；這並不是要藉此來結交小孩子的父母，不是要藉此來沽取鄉里朋友的稱譽，也不是討厭他的叫聲才這樣做的。

「從這個道理看來，沒有憐憫的觀念，就不是人了；沒有羞恥的觀念，就不是人了；沒有謙退的觀念，就不是人了；沒有是非的觀念，就不是人了。

「憐憫的觀念，是仁道的根本；羞恥的觀念，是義行的根本；謙退的觀念，是禮節的根本；是非的觀念，是智慧的根本。

「人的具有這四種本性呀，就好像他具有四肢一樣。具有這四種本性卻自己說不行的人，是自我貶損的人；說他的君王不行的人，是貶損他君王的人。凡是具有這四種本性在自己身上的人，都知道把它們擴大而且充實起來，就好像火炬的開始燃燒，泉水的開始奔湧。如果能夠擴充它們，就足以安定天下；如果不能擴充它們，就不能來奉養父母。」

析論

這一篇選自《孟子・公孫丑篇上》，旨在推究性善的本源。惻隱之心、羞惡之心、辭讓之心、是非之心，這所謂「四端」，孟子以為就是性善的本源，而「四端」所繫的仁、義、禮、智，就是人在團體生活中具體的行為表現。本文從探討基本的人性，進而推論到道德的本源及其價值。

戰國時代的思想家，都善於辯說，孟子更是個中翹楚。像這一篇文章，孟子一開頭就先提出他立論的大前提：「人皆有不忍人之心」，然後舉例證明：「今人乍見孺子將入於井，皆有怵惕惻隱之心；非所以內交於孺子之父母也，非所以要譽於鄉黨朋友也，非惡其聲而然也」，最後再下結論：「無惻隱之心，非人也……。」

然後，孟子再由人的本性，推論到道德的本源：「惻隱之心，仁之端也；羞惡之心，義之端也……」，從而揭舉了仁、義、禮、智四種德行。孟子在此不但正面肯定它們的價值，而且還從反面去反覆推論。「有是四端而自謂不能者，自賊者也；謂其君不能者，賊其君者也」、「苟不充之，不足以事父母」，這是反面的推論。「凡有四端於我者，知皆擴而充之矣，……苟能充之，足以保四海」，這是正面的肯定。

孟子所講的這些道理，事實上，就是他性善說的根源所在。了解他所說的四端，才能了解孟子性善理論的依據。他講義利之分，王霸之別，都是由此而衍申的；他說良心、良知、良能也離不開性本善，換句話說，離不開這四種德性的本源。孟子所講的道理，涵蓋面很大，小自「自賊」，大至「賊其君」；小自個人的「事父母」，大至君王的「保四海」，都可以包含在內。這篇文章首段就說：「先王有不忍人之心，斯有不忍人之政矣。以不忍人之心，行不忍人之政，治天下可運之掌上。」不忍人之心和不忍人之政，正是由內而外，由小而大，說明孟子關心的，仍然是如何「兼濟天下」。這是當時思想家的共同傾向。但孟子講仁義，和法家講利害，卻是大不相同的。

《孟子．告子篇上》有好幾段話也論到「四端」和性本善的問題。其中，以「恭敬之心」來解釋「禮」，和本文的「辭讓之心」字面雖不一致，意義仍可相通；又說：「仁義禮智，非由外鑠我也，我固有之也，弗思耳矣。」「口之於味也，有同耆焉，耳之於聲也，有同聽焉；目之於色也，有同美焉。至於心，獨無所同然乎？」來說明人的本性原無不同，也都可以和本文互相發明。

【捌】老子

《老子》解題

關於老子其人其書，一直眾說紛紜，莫衷一是。據《史記．老莊申韓列傳》說：老子，姓李名耳，字伯陽，謚聃（音「丹」），楚國苦縣（即今河南鹿邑縣東）厲鄉曲仁里人。曾任周守藏室史，孔子適周，曾向他問過禮。後見周衰，無心仕進，去而出關。應關令尹之請，「於是老子迺著書上下篇，言道德之意五千言而去。莫知所終。」所著的書，便是今日流傳的《老子》，又名《道德經》。

但這裡頭，問題甚多：有人認為老子即楚老萊子；有人認為老子是周太史儋；有人認為孔子問禮的老子，並非著《道德經》的老子；更有人認為《道德經》的著作時代應該後於《莊子》，作者可能是戰國時代的李耳或環淵，迄今尚無定論。而「出關」的「關」，也有散關和函谷關不同的說法。

老子的思想對後世的影響很大，韓非、司馬遷等人，都曾受到《老子》的洗禮，尤其是六朝的時候，有很多文人奉之為經典，形成了所謂「玄學」。在中國思想史上，老子、莊子為代表的道家，有很多時期是可以和孔子、孟子為代表的儒家分庭抗禮的。

《老子》一書，分上下兩篇，共八十一章，約五千字，基本上是韻文，恐怕不是原本的本來面目。其中有些不當的分段、重複的語句，以及無理插入的話語，大概有後人妄改的地方。今日最通行的刻本，有「世德堂」的河上公章句本及「華亭張氏」的王弼注本。

校後補記：筆者近年新著《老子新繹》一書，頗有新說，讀者可自行參酌。

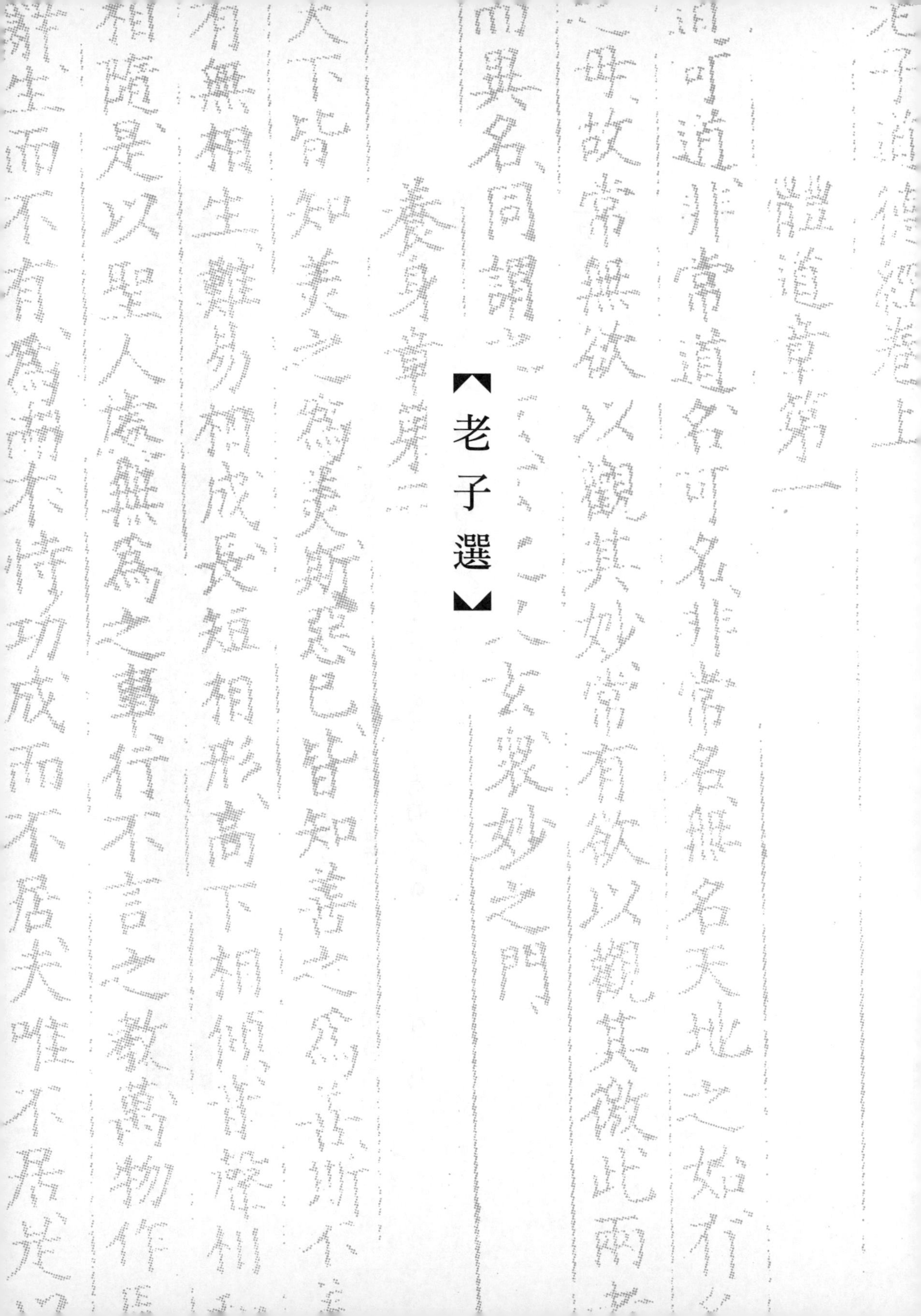
老子道德經卷上
體道章第一
道可道非常道名可名非常名無名天地之始有
萬物之母故常無欲以觀其妙常有欲以觀其徼此兩者
同出而異名同謂之玄玄之又玄衆妙之門
養身章第二
天下皆知美之為美斯惡已皆知善之為善斯不善
有無相生難易相成長短相形高下相傾音聲相和
相隨是以聖人處無為之事行不言之教萬物作焉
辭生而不有為而不恃功成而不居夫唯不居是以

【老子選】

《老子》六章

老子

一

天下皆知美之為美，斯惡已；皆知善之為善，斯不善已。故有無相生，難易相成，長短相形❶，高下相傾，音聲相和，前後相隨。是以聖人處無為之事❷，行不言之教。萬物作焉而不辭❸，生而不有，為而不恃，功成而弗居❹；夫唯弗居，是以不去。

【注釋】

❶ 相形：相較的意思。形：一作「較」，較與下句「傾」韻不協。
❷ 聖人：老子理想中與道同體、無為而治的人物。無為：順應自然事勢，不要人工造作的意思。
❸ 作：生長。辭：言辭，說話。萬物作焉而不辭，有的版本作「萬物作焉而不為始」。
❹ 居：居功的意思。

【語譯】

天下的人，都知道好的就是好的，便也知道有壞的了；都知道善的就是善的，便也知道有不善的了。

所以，「有」和「無」是互相衍生的（沒有「有」便顯不出「無」來），「難」和「易」是互相形成的（沒有「難」便顯不出「易」來），「長」和「短」是互相對照的（沒有「長」便顯不出「短」來），「高」和「低」是互相比較的（沒有「高」便顯不出「低」來），「音」和「聲」是互相應和的（沒有「音」便顯不出「聲」來），「前」和「後」是互相關聯的（沒有「前」便顯不出「後」來）。

所以聖人處理一些不待作為的事情，推行一些不必開口的教化。萬事萬物自然發生了，不必說些什麼；生了的，不佔有；做了的，不依恃；成功了的，不居功；就為了不居功，所以才不會失去。

二

不尚賢❶，使民不爭；不貴難得之貨，使民不為盜；不見可欲，使民心不亂。

是以聖人之治：虛其心，實其腹；弱其志，強其骨❷；常使民無知無欲，使夫智者不敢為也。

為無為，則無不治。

【注釋】

❶ 尚賢：崇尚賢能。

❷ 弱其志，強其骨：虛弱他的心志，強壯他的筋骨；意即使人民體力健康，智力愚蠢。

【語譯】

不崇尚賢能，才能使人民不競爭；不珍貴難得的金銀財寶，才能使人民不做盜賊；不給看見可以引起慾望的事物，才能使人民心裡不紛亂。

所以聖人的治理人民，要抽空他們的心思，填飽他們的肚子；削弱他們的意志，強健他們的筋骨；經常使人民沒思想、沒慾望；使那些有聰明的野心家，也不敢有所作為。

只要做些無所作為的事，那麼天下自然沒有不太平的道理。

三

持而盈之❶，不如其已❷。揣而銳之❸，不可長保。金玉滿堂，莫之能守。富貴而驕，自遺其咎。功成名遂，身退，天之道。

【注釋】

❶ 持而盈之：自滿自誇的意思。

❷ 已：停止。

❸ 揣而銳之：捶之使銳，就是使它顯露鋒芒的意思。此句一作「揣而梲之」。

【語譯】

保持著而充滿它，不如那停止的好；錘鍊而使它顯露鋒芒，不能夠永遠牢靠。金玉滿堂，沒有人能把它們守得住。有錢有勢卻驕傲的人，自己留給自己禍害。功業完成了，名譽得到了，自己就該引退了，這才是自然的道理。

四

三十輻❶，共一轂❷，當其無❸，有車之用；埏埴❹以為器，當其無，有器之用；鑿戶牖以為室，當其無，有室之用。故有之以為利，無之以為用。

【注釋】

❶輻：車輪圓心伸張的直木。
❷轂：車輪的中心。當中是空的，可以安放車軸。
❸無：空虛的地方。
❹埏（音「山」）：摶土。埴（音「直」）：陶土。

【語譯】

三十條車輻，同在一個車轂上，在那車轂中間空虛的地方，才有使車輪轉動的作用；摶土和泥，來燒作陶器，就在那器物中間空虛的所在，才有使器物容納盛放的作用；開門闢戶來做房屋，就在那門窗中間空虛的所在，才有使房屋可以進出的作用。

所以，「有」是用來作為便利的實體，「無」才是用來應用的方法。

五

善為士者不武，善戰者不怒❶，善勝敵者不與❷，善用人者為之下❸。是謂不爭之德，是謂用人之力，是謂配天之極❹。

【注釋】

❶不怒：不以強示人的意思。

❷不與：不與爭鬥的意思。

❸為之下：是說位居人下。

❹配天之極：是說配合天道。極：最高原則。一本在天字下有「古」字。

【語譯】

善於做將士的人，不顯露威武；善於作戰的人，不輕易動怒；善於克敵的人，不參與戰爭；善於利用群眾的人，常處在眾人之下。這就是所謂不必爭鬥的道理，這就是所謂利用別人的力量，這就是所謂配合上天的最高原則。

六

小國寡民，使有什伯之器❶而不用，使民重死而不遠徙。

雖有舟輿，無所乘之；雖有甲兵，無所陳之。

使人復結繩而用之❷。甘其食，美其服，安其居，樂其俗。

鄰國相望，雞犬之聲相聞，民至老死不相往來。

【注釋】

❶ 什：十倍。伯：百倍。什伯之器：指比原來多十倍、百倍的器物。一說，進步改良的器具。

❷ 上古文字未發明時，以結繩記事，大事結大繩，小事結小繩。意指回到原始的自然生活環境。

【語譯】

小小的國家，不多的人口，使得有比人多十倍、百倍的器具而不使用，使得人民重視生死而不願意遷往遠地。

雖然有車船，卻沒有地方需要乘坐它；雖然有武器軍備，卻沒有地方需要陳列它。

叫人民再學古代結繩用來記事的方法。愛吃他們自己的飲食，欣賞他們自己的服裝，滿足他們自己的生活，陶醉他們自己的風俗。

鄰國彼此都看得見，雞狗啼叫的聲音彼此都聽得到，可是人民卻到老死也不互相往來。

析論

這六章分別選自《老子》的第二、第三、第九、第十一、第六十八、第八十章。這六章的主題，是從各方面闡釋清靜無為的妙用。主要目的是對政治人生作一些格言式的道德教訓。主要在指出治國處世的原則，只能順應客觀環境，因勢利導；不應一憑主觀願望，輕生事端。這便叫做「無為」。所謂「無為」，並非全無作為之意，乃是不要輕有作為，尤其不要違反自然情勢而有所作為之意。所以，老子的哲學，乃以「自然」為體、「無為」為用的。這種哲學，在大變亂之後，與民休息的環境中，很有用處。西漢初期，黃、老之學盛行一時，便是這個緣故。

這六章雖然都是在解釋「無為」的意義，但內容各不相同。

第一、第二兩章，是老子人生政治哲學的根據。老子以為一切善惡、美醜、賢愚，都是對等的名詞，正如長短、高下、前後等等。無長便無短，無前便無後，無美便無醜，無善便無惡，無賢便無不肖。故人知美是美的，便有醜的了；知善是善的，便有惡的了；知賢是賢的，便有不肖的了。平常那些賞善罰惡，尊賢去不肖，都不是根本的解決。根本的救濟方法，須把善惡美醜賢不肖一切對等的名詞都消滅了，復歸於無名之樸的混沌時代。須要常使民無知無欲。無知，自然無欲了；無欲，自然沒有一切罪惡了。

第三章說明「滿招損」的道理。告誡人們不要自滿自誇，不要驕傲，否則容易引來災禍。功成名就之後，就要引身自退，這和第一章所說的「生而不有，為而不恃，功成而弗居」諸語是可以合看對照的。

第四章是用了三個比喻，來說明「無為」的妙用。從這一章可以看出，老子所說的「無」字，就是「虛空」；而「虛空」就是他所說的「道」。「道」本是一個抽象的概念，不容易說得明白。老子在這裡卻舉出來了具體的事例：一是那車輪中央的空洞（轂）；二是器皿的空處；三是窗洞門洞和房屋裡的空處。車輪若無中間的圓洞，便不能轉動；器皿若無空處，便不能裝物事；門戶若沒有空處，便不能容人。他指出這個虛空，雖然無形、無聲、無為，可是一切萬有如果沒有虛空，就都沒有用處了。

第五章是把清靜無為運用到興兵用眾上。就常理而言，興兵用眾，最容易和清靜無為之道相抵觸，但老子以為即使是興兵用眾，也非如此不可，藉此來說明「為無為，則無不治」的道理。

第六章是描寫無為之治的理想世界，要把一切交通的利器，守衛的甲兵，代人工的機械，行遠傳久的文字……等等制度文物，全行毀除，要使人類依舊回到那無知無欲、老死不相往來的原始生活。我們相信這是老子的憤世嫉俗的說話，這是對當時政治一個有力的諷刺。你想，假若所謂「文明進步」，使人民更加痛苦，越文明越進步，人類的痛苦就越深，那這「文明進步」對人生還有什麼價值？那真還不如回到原始社會裡過那太平日子的好。

【玖】

莊子

《莊子》解題

莊子，名周，戰國時代蒙（今河南商邱）人。和孟子同時或稍後。曾在漆園做過小吏，後來因為厭惡政治生活，辭官不仕。他推崇老子的學說，是戰國時代的道家代表人物，和老子並稱「老莊」。

現存的《莊子》一書，又名《南華經》，包含〈內篇〉七篇、〈外篇〉十五篇、〈雜篇〉十一篇，共三十三篇。這是郭象補成向秀所注的一種傳本，它和《漢書．藝文志》等著錄的「五十二篇」有所不同，恐怕已非原貌。以往一般學者多認為〈內篇〉為莊周自作，〈外篇〉、〈雜篇〉則為莊周後學所作，不過，近人也有懷疑這種說法的。

注解《莊子》的著作，如清代郭慶藩《莊子集釋》、今人錢穆《莊子纂箋》、王叔岷《莊子校詮》等書，都稱詳備，假使讀者欲求簡易，則陳鼓應的《莊子今註今譯》頗便初學。

【莊子選】

莊子南華真經卷一
內篇
逍遙遊第一
北冥有魚其名為鯤鯤之大不知其幾
化而為鳥其名為鵬鵬之背不知其幾
怒而飛其翼若垂天之雲是鳥也海運
於南冥南冥者天池也齊諧者志怪者
言曰鵬之徙於南冥也水擊三千里摶

逍遙遊

莊子

北冥❶有魚，其名為鯤❷。鯤之大，不知其幾千里也；化而為鳥，其名為鵬❸。鵬之背，不知其幾千里也；怒而飛❹，其翼若垂天之雲❺。是鳥也，海運則將徙於南冥❻；南冥者，天池❼也。

【注釋】

❶ 北冥：一作「北溟」，即北海。水因過深而呈黑色的海洋，就叫做「溟」。北溟，指北方的大海洋。下文「南冥」用法同此。

❷ 鯤（音「昆」）：本指魚卵，莊子借以為大魚之名。鯤，一作「鯨」。

❸ 鵬：大鳥名。有人以為即古「鳳」字。

❹ 怒而飛：奮力而飛。怒：即「努」，奮力的意思。

❺ 垂天之雲：是說鵬翼之大，如天邊的一片雲。垂：同「陲」，旁邊。一說，垂：垂掛。

❻ 運：一作「行」解；一作「動」解。此句是說：大風起，海翻騰，鵬鳥乘此遷往南海。

❼ 天池：不靠人工而天然形成的池子。

【語譯】

北海有一條魚，牠的名字叫做鯤。鯤的身體很大，不知道牠有幾千里長；變成了鳥，牠的名字叫做鵬。鵬的脊背更大，不知道有幾千里長；奮力而飛，牠的翅膀就像垂掛在天邊的一片雲。這鵬鳥呀，每當海浪動、大風起時，就會遷徙到南海去——南海是天然形成不是靠人工的池子。

齊諧❶者，志怪❷者也。諧之言曰：「鵬之徙於南冥也，水擊三千里❸，搏扶搖而上者九萬里❹，去以六月息者也❺。」野馬也❻，塵埃❼也，生物之以息相吹也❽。天之蒼蒼，其正色邪❾？其遠而無所至極邪？其視下也，亦若是則已矣❿。且夫水之積也不厚⓫，則負⓬大舟也無力；覆杯水於坳堂⓭之上，則芥為之舟⓮；置杯焉則膠⓯，水淺而舟大也。風之積也不厚，則其負大翼也無力。故九萬里，而風斯在下矣。而後乃今培風⓰；背負青天而莫之夭閼⓱者，而後乃今將圖南⓲。

【注釋】

❶齊諧：書名。一說是人名，疑即黃帝時人夷堅。見王叔岷《莊子校詮》。

❷志：記載。怪：怪異。

❸水擊三千里：是說鵬鳥初飛時，水激波興有三千里遠。

❹摶：拍，拊。一作「搏」，據近人章炳麟說，作「摶」者是（見《莊子解故》）。扶搖：風名，一名「飈」，是一種從地面一直上旋的暴風。此句是說：鵬借飈風之力，鼓翼直上，飛上了距離地面達九萬里的高空。

❺息：休息，是「憩」的假借字。六月息：六月一息的意思。李白〈大鵬賦〉：「然後六月一息」。此句是說：鵬飛了半年以後，才抵達南溟，歇息下來。一說，六月不是半年的意思，而是指舊曆六月。

❻野馬：春天野外澤中的霧氣。這種霧氣蒸騰猶如奔馬，所以稱為「野馬」。野馬也，一作「野馬者」，作「者」的話，「野馬」就是指下文的「塵埃」。

❼塵：飄揚在空中的土埃，細碎的塵粒。陽光所照之處，往往能見塵埃在空中動盪不停。

❽生物：指有生機的物體。息：氣息。

❾蒼蒼：深青的樣子。邪：即「耶」。

❿則已矣：一本作「而已矣」。「則」同「而」。

⓫積：積蓄。厚：多，大。

⓬負：承載。一本在「負」字上有「其」字。

⓭坳（音「凹」）堂：低窪的池塘。坳：低窪的地方。堂：通「塘」。

⓮芥：小草。此句連上句是說：把一杯水倒在低窪的地方，一枝小草漂浮在上面，就好像是一隻小船。

⓯膠：膠著。

⑯ 而後乃今：是說「然後才開始」。培：憑。憑風：猶言「乘風」。

⑰ 夭：折。閼：同「遏」，阻塞。

⑱ 圖南：準備向南飛行。

【語譯】

《齊諧》是一部記載奇事異聞的書。《齊諧》這樣說：「當鵬遷往南海的時候，水波激起了三千里的海面，牠憑藉旋風往上飛，一直飛到九萬里高的天空。牠一飛去，要過半年之久才歇息下來。」

野馬般的游氣，飛揚著的塵埃，都是天地間生物氣息互相吹動而形成的。天的深青顏色，究竟是它的正色呢？還是由於遙遠而不能看到它盡頭的地方呢？那隻大鵬看地下的情況，應該也就是這樣吧？這正像是水量的蓄積，如果不多，那麼它要運載大船便沒有力量；比如把一杯水倒在窪地上，那麼一枝小草就像是船隻，如果放杯子在上面，便要膠著不動了，這是因為水淺而船大的緣故。如果風力的蓄積，不夠雄厚，那麼它要負載鵬鳥的大翅膀，就沒有力量了，所以大鵬必須飛到九萬里高的天空，那麼風就在牠的下面了。然後牠才能開始憑藉風力，背負青天，沒有東西能阻礙牠，然後才能開始飛向南海。

蜩與學鳩❶笑之曰：「我決❷起而飛，槍榆枋而止❸，時則不至而控❹於地而已矣；奚以之九萬里而南為❺？」適莽蒼者❻，三飡而反❼，腹猶果然❽；適百里者，宿舂糧❾；適千里者，三月聚糧❿。之二蟲⓫，又何知！

【注釋】

❶蜩（音「條」）：蟬。學鳩：小鳥名。一作「鸒鳩」，有人以為就是斑鳩。
❷決：同「趹」，迅速的樣子。
❸槍：一作「搶」，集。榆：榆樹。枋：檀木。本句一作「槍榆枋」，無「而止」二字。
❹時則：時或。而：通「則」。控：投。
❺奚以：何用。一本「南」上有「圖」字。
❻適：往。莽蒼：指近郊的草野。
❼飡：同「餐」。反：同「返」。三飡：是說吃三頓飯。一說，吃三碗飯。
❽果然：飽、充實的樣子。
❾舂（音「充」）：用杵在臼中擣米。宿舂糧：前一天晚上就要擣米，準備糧食。
❿三月聚糧：聚積三個月的糧食。
⓫之：此，這個。下文「之人也」、「之德也」的「之」，同此。二蟲：指蜩與學鳩。

【語譯】

蟬和鷽鳩都譏笑牠說：「我們想飛就馬上飛起來，聚集在榆樹、檀樹上棲息；有時飛不上去，不過掉到地上罷了，何必要飛到九萬里高的天空才向南飛呢？」殊不知到近郊去的人，吃了三頓飯回來，肚子裡還是飽飽的；到百里遠的地方去的人，就要在前一天舂米預備糧食；到千里遠的地方去的人，就要預備三個月的糧食。這兩個小動物又知道什麼呢？

小知不及大知❶，小年不及大年❷。奚以知其然也？朝菌不知晦朔❸，蟪蛄❹不知春秋，此小年也。楚之南有冥靈❺者，以五百歲為春，五百歲為秋；上古有大椿❻者，以八千歲為春，八千歲為秋；此大年也❼。而彭祖乃今以久特聞❽，眾人匹❾之，不亦悲乎！

【注釋】

❶小知不及大知：是說才智大小不同，小智所見淺短，對於大智是無法企及的。知：同「智」。

❷年：壽命。

❸朝菌：在早晨出生傍晚就死的小蟲。一作「朝秀」，即朝蟒，一種朝生暮死的小蟲。也有人說朝菌是一種菌類植物。晦：陰曆每月最後一天。朔：陰曆每月初一。一說，晦：黑夜；朔：平明。

❹ 蟪蛄：一名寒蟬，春生夏死，夏生秋死。蟪，一作「惠」。
❺ 冥靈：一說指木名。馬敘倫以為即樠樹，是一種松柏之類的喬木；一說指大海中的靈龜。皆可通。
❻ 椿：一種高三四丈的落葉喬木。
❼ 此大年也：與上文「此小年也」相對。今本《莊子》闕此一句，此據近人考訂補。
❽ 彭祖：傳說中長壽的人。據說他曾為堯臣，封於彭城，歷虞、夏至商代，年七百餘歲。久：長壽。特：獨特，突出。特聞，一作「待問」。
❾ 匹：比照。

【語譯】

知識小的不能了解知識大的，壽命短的不能了解壽命長的。怎麼知道是這樣的呢？像朝生暮死的朝菌不知道一個月的起訖，春生夏死的寒蟬不知道一年之中春秋的不同，這些就是所謂壽命短的。楚國的南邊有一種靈龜，把五百年當作一春，五百年當作一秋；上古有一種大椿樹，把八千年當作一春，八千年當作一秋（這就是壽命長的）。而彭祖到現在卻仍以高壽傳名後世，一般人說到高壽，都要拿他來比，這不是也很悲哀嗎？

湯之問棘❶也是已：「窮髮❷之北，有冥海者，天池也。有魚焉，其廣數千里，未有知其脩❸者，其名為鯤。有鳥焉，其名為鵬，背若泰山，翼若垂天之雲，搏扶搖羊角❹而上者九萬里，絕雲氣❺，負青天，然後圖南，且適南冥也。斥鴳❻笑之曰：『彼且奚適也？我騰躍而上，不過數仞❼而下，翱翔蓬蒿之間，此亦飛之至也。而彼且奚適也？』」此小大之辯❽也。

【注釋】

❶ 棘：一作「革」，人名，相傳是商湯時的大夫，《列子．湯問篇》作「夏革」。
❷ 窮髮：不毛之地。我國古代傳說中的北極地帶，是草木不生的地方。
❸ 脩：長，長度。
❹ 羊角：指盤旋而上、狀若羊角的風，即旋風。
❺ 絕：超越。是說鳥的高飛，越過了雲層。
❻ 斥鴳：小雀。斥：通古字「尺」，小澤。鴳：鴳雀，一種小鳥。
❼ 仞：八尺。一說，七尺為一仞。
❽ 辯：同「辨」，分別。小：指斥鴳。大：指鵬。

【語譯】

成湯請教棘的那段話說得真對呀：

「草木不生的極荒遠的北方，有一個黑沉沉的大海，那就是天池。其中有一條魚，牠的身體有幾千里大，誰也不知道牠的長度。牠的名字叫做鯤。有一隻鳥，名字叫做鵬，牠的脊背像泰山，翅膀像垂掛天邊的雲彩，乘著羊角旋風往上飛，一直飛到九萬里高的天空，穿越了雲層，背負著青天，然後準備飛向南方，將要到南海去。小小的鴳雀譏笑說：『牠要到哪裡去呢？我騰身跳躍飛起來，不過幾丈高就下來了，翱翔在蓬蒿之間，這也是飛行的極致了，可是那隻鵬鳥究竟要飛到哪裡去呢？』」這就是小和大的區別。

故夫知效一官❶，行比❷一鄉，德合一君❸，而徵一國者❹，其自視也亦若此❺矣。而宋榮子猶然笑之❻。且舉世而譽之而不加勸，舉世而非之而不加沮，定乎內外之分，辯乎榮辱之竟❼，斯已矣❽；彼其於世，未數數然也❾。雖然，猶有未樹也❿。夫列子御風而行⓫，泠然善也⓬，旬有五日而後反。彼於致福者，未數數然也⓭。此雖免乎行，猶有所待者也⓮。若夫乘天地之正⓯，而御六氣之辯⓰，以遊無窮⓱者，彼且惡乎待⓲哉！故曰：至人無己，神人無功，聖人無名⓳。

【注釋】

❶知：同「智」，才智。效：勝任。

❷比：同「庇」，庇護。

❸德合一君：德業能夠投合一個國君的心意。

❹而：讀為「能」，指才能。徵：信。

❺其：指上述的四種人。此：指斥鴳。

❻宋榮子：就是先秦思想家宋鈃（音「堅」），一名宋牼（音「坑」）。有人說他是名家，也有人說他是墨家，《荀子．正論篇》說他見侮不辱，《韓非子．顯學篇》說他設不鬪爭，《莊子．天下篇》、《孟子．告子篇》也都曾提到他的思想。猶然：同「逌然」，微笑自得的樣子。

❼此四句是寫宋榮子的修養。勸：勉，進，引申為「得意」。沮：止，沮喪。內：指自己內心的修養。外：指待人接物的行為。辯：同「辨」。竟：同「境」。

❽斯已矣：是說宋榮子的修養不過止於此而已。

❾世：世上。數數：頻，常。是說像宋榮子這樣的人，並不多見。一說，世：世事，指上文官、鄉、君、國而言。數數：迫促、急切的樣子。

❿猶有未樹：樹，即「豎」之假借字，作「立」解，指立德。此言宋榮子的修養，世上雖已少見，但他尚未能確立至德，有更卓越的表現。因為他還是有待外物。

⓫列子：名禦寇，鄭國人。相傳列子曾遇風仙，學了法術，所以能乘風而行。御風：猶言「駕風」。

⓬泠（音「玲」）然：輕妙的樣子。善：指御風的技術很好。

⓭致：求。福：備。此二句言御風而無往不順，泠然而善，能像列子這樣的，世上亦不多見。

⓮行：步行。「此雖免乎行」二句，王先謙說：「雖免步行，猶必待風，列子亦不足慕。」

⑮乘天地之正：郭象說：「天地者萬物之總名也。天地以萬物為體，而萬物必以自然為正。自然者，不為而自然者也。故大鵬之能高，斥鴳之能下，椿木之能長，朝菌之能短——凡此皆自然之所能，非為之能也。不為而自能，所以為正也。故乘天地之正者，即是順萬物之性也。」乘：駕馭的意思。

⑯六氣：指陰陽風雨晦明。辯：同「變」。郭象說：「御六氣之辯者，即是遊變化之途也。」上句指順乎自然之正常現象，此句言適應自然之意外變化。

⑰無窮：指時間的無始無終，空間的至大無外。

⑱惡（音「烏」）：何。惡乎待：何所待。此句是說：能順應萬物之性，能駕馭意外之變，即可與宇宙同終始，不必有待於外物。王先謙說：「無所待而遊於無窮，方是逍遙遊一篇綱要。」

⑲「至人無己」三句中的「無」，都是「忘」的意思。有人以為這三種人，並不是平列的。第一句，「至人」，是莊子理想中修養最高的人，能達到任天順物、忘其自我的境界。第二句，「神人」，是莊子理想中修養僅次於「至人」一等的人。唐成玄英說：「陰陽不測，故謂之神。」功：指對人類社會有所貢獻；無功：言無意求有功於人類，而自然為人類造福。第三句，「聖人」，本是儒家理想中修養最高的人，而莊子卻置於「至人」、「神人」之下，作為第三等。無名：指不求名位（此與儒家對聖人的解釋亦不相同）。

【語譯】

所以才智可以負起某一職務、善行能夠庇護一鄉、德性可以投合一個君主、能力可以取得一國信任的人，他的自鳴得意，也和這種鴳雀是一樣的了。可是宋榮子還是要鄙笑這種人。而且像宋榮子能夠做到：全世界的人都稱讚他，他也不會更加奮勉；全世界的人都非難他，他也不會稍加沮喪；他能夠確定內心和外物的分別，分辨光榮和恥辱的界限。他做到的就止乎這些了。像他這樣的人，世上已經是不多見的了。雖然如此，但是他還有未曾樹立的。列子順著風飛行，輕飄飄地十分美妙，過了十五天然後才回來。像他這樣求得完美的人，是不多見的。但是列子雖然不用步行，卻還是有所憑藉的。至於那順應天地的常道，控制六氣的變化，在無窮的宇宙中遨遊的人，他還有什麼等待的呢？所以說：至德的人，忘了自己；神明的人，忘了功德；聖哲的人，忘了聲名。

堯讓天下於許由❶，曰：「日月出矣，而爝火❷不息；其於光也，不亦難乎！時雨降矣，而猶浸灌❸；其於澤❹也，不亦勞乎！夫子立而天下治，而我猶尸之❺，吾自視缺然❻，請致天下❼。」許由曰：「子治天下，天下既已治也；而我猶代子，吾將為名乎？名者，實之賓❽也，吾將為賓乎？鷦鷯巢於深林❾，不過一枝；偃鼠飲河❿，不過滿腹。歸休乎君⓫，予無所用天下為⓬！庖人雖不治庖⓭，尸祝不越樽俎而代之矣⓮。」

【注釋】

❶ 許由：字武仲，潁川人。相傳他是堯的老師，堯讓天下給許由，許由不受，逃隱於箕山。

❷ 爝（音「決」）火：火把，火炬。這裡以日月之光比喻許由，而以爝火之光自喻。

❸ 浸灌：用水灌溉。這裡以時雨比喻許由，而以浸灌之水自比。

❹ 澤：滋潤。

❺ 尸：原指代替死者的人或廟中的神主，後來凡是有名無實、空居其位的人都叫做「尸」。尸之：是說尸位素餐。

❻ 缺然：不滿足的樣子。

❼ 請致天下：請允許我把天下交給您。

❽ 賓：附屬物，次要的東西。

❾ 鷦鷯（音「交寮」）：一種善於營巢的小鳥。許由以鷦鷯自比，而以深林喻天下。

❿ 偃鼠：一作「鼴鼠」，又名「鼢鼠」，常穿行耕地之中，好飲河水。許由以偃鼠自比，而以河水比喻天下。

⓫ 歸休乎君：「君歸休乎」的倒裝句。你回去休息吧。一說，猶今口語的「你算了吧」。

⓬ 為：語尾助詞，猶「焉」，帶有感歎的作用。

⓭ 庖人：廚師。庖：本指廚房，這裡指烹飪之事。

⓮ 祝：太廟中負責祭祀的官，因其祭時對神主（尸）而祝，故稱「尸祝」。也有人以為尸是尸，祝是祝。此處是許由自喻。樽：盛酒的器具；俎：盛肉的器具。是說尸祝不得超越權限，代理庖人的職務。

【語譯】

堯讓天下給許由，說：「日月都出來了，而火炬卻不熄掉，它對於日月的光，不是很難比嗎？應時的雨都落下了，而用人工灌溉，它對於雨水，不是很難比嗎？先生如為天子，天下立刻治平，而我還空居其位，我自覺慚愧，希望把治理天下的重任交給先生。」許由說：「你治理天下，天下已經太平了，而我還代替你做天子，難道我將圖名嗎？聲名，是事實的附屬。難道我將圖虛名嗎？小鳥棲息在濃蔭的樹上，所佔不過是一根樹枝；大鼠飲河裡的水，所飲不過是填飽肚子；你回去算了吧！我要天下是沒有什麼用處的！廚師雖然不去燒飯，設席的和贊禮的尸祝始終不會越過樽俎，去代廚子燒飯的。」

肩吾問於連叔❶曰：「吾聞言於接輿❷，大而無當❸，往而不反❹。吾驚怖其言，猶河漢❺而無極也；大有逕庭❻，不近人情焉。」連叔曰：「其言謂何哉？」曰：「藐姑射之山❼，有神人居焉。肌膚若冰雪❽，淖約若處子❾。不食五穀❿，吸風飲露。乘雲氣，御飛龍，而遊乎四海之外。其神凝⓫，使物不疵癘⓬而年穀熟。吾以是狂⓭而不信也。」連叔曰：「然。瞽者無以與乎文章之觀⓮，聾者無以與乎鐘鼓之聲。豈唯形骸有聾盲哉！夫知⓯亦有之。是其言也，猶時女也⓰。之人也，之德也，將旁礴⓱萬物以為一。世蘄乎亂⓲，孰弊弊⓳焉以天下為事！之人也，物莫之傷，大浸稽天而不溺⓴，大旱金石流土山焦而不熱。是其塵垢粃穅，將猶陶鑄堯、舜者也㉑，孰肯以物為事㉒！」

【注釋】

❶ 肩吾、連叔：兩人相傳皆為「古之懷道者」。

❷ 接輿：楚國的狂者，見《論語．微子篇》。

❸ 大：言辭誇誕。當（音「盪」）：作「底」解。大而無當：此言接輿所說的話是誇大而沒有根據的。

❹ 往而不反：指接輿的話越說越離奇，無法反覆印證。

❺ 河漢：天河，夜空。

❻ 逕庭：激過之辭。一說，逕：門外小路；庭：庭院之中。方以智《藥地炮莊》說：「逕庭，猶霄壤。言逕路之與中庭，偏正懸絕。」意指接輿所言與人情相去甚遠，非常荒誕。

❼ 藐：邈，遠。姑射（音「業」）之山：此是傳說中的一座仙山。舊說此山遠在北海中；但下文記此山，與「汾水之陽」相提並論，則當是在山西省境內，或疑即是山西平陽附近的九孔山。

❽ 冰雪：形容肌膚的潔白溫潤。冰：「凝」的本字。

❾ 淖：同「綽」。綽約：美好的樣子。一說，胖瘦合宜的樣子。處子：即處女。

❿ 五穀：指稻、黍、稷、麥、菽。

⓫ 凝：靜。有人以為應作「專一」解。

⑫ 疵癘（音「賴」）：病。

⑬ 以是：因此。狂：「誑」的假借字。

⑭ 瞽者：盲人。與（音「玉」）：參與。文章：指有文采的東西。觀：鑑賞，這裡作名詞用。

⑮ 知：同「智」。一說，知：同「志」，指心志。

⑯ 時：同「是」。女：同「汝」。這兩句是說：這個話就是指的你（肩吾）啊！因為肩吾不知接輿所說是高妙的至理，所以連叔說他在智力方面好像聾子或盲人一樣。時女：一說應作「處女」。

⑰ 旁礴（音「博」）：形容無所不包、無所不及的樣子。

⑱ 蘄：同「祈」，作「求」解。亂：作「治」解。

⑲ 弊弊：忙忙碌碌、疲憊不堪的樣子。

⑳ 大浸：大水。稽：至。溺：淹沒。此句是說：神人能超脫生死，即使洪水滔天，也不能把他淹死。

㉑ 塵垢：指身上的塵土污垢。粃穅：指不成熟的穀物和穀皮，通作「粃糠」，猶言糟粕、渣滓。陶：把黏土納入模型，燒成瓦器叫「陶」。鑄：把金屬鎔解，製成器物叫「鑄」。此二句是說：用這個神人身上的塵垢糟粕，都能塑造出儒家理想中的聖人如堯、舜等。

㉒ 孰肯以物為事：他哪裡肯以處理瑣碎的外物為工作呢？

【語譯】

肩吾請教連叔說：「我聽見接輿的言論，誇大而沒有根據，虛遠而無法印證，我對他的話驚疑不定，就像天河的沒有頭緒可尋一樣。話說得非常離譜，一點都不近人情。」連叔道：「他的話怎麼說的？」

肩吾道：「他說：『在遙遠的姑射山上，有一個神人住著，肌肉皮膚像冰雪一般白潤；姿態美好，像是一個處女；不吃世上的五穀，只是吸風飲露，駕著雲氣，乘著飛龍，到四海以外去遊行；他的精神專注，能使萬物不生疾病，而且五穀豐收。』我因此認為他在說誑，就不去相信他了。」

連叔道：「是的。瞎子不能跟他一起來看有文彩的景物，聾子不能跟他一起來聽鐘鼓的聲音。豈止形體上有聾瞎，就是知識上，也有聾瞎。這些話就好像是為你而說的一般！這個神人，將要和萬物混同為一，沒有作為而天下的人民自然受到感化，誰還勞心去把天下治平當一回事呢？像這種神人，萬物不能損傷他，滔天大水不會淹沒他，大旱雖到了金石鎔化、土山焦枯，也不會熱死他。就連他身上的塵垢糟粕，猶能塑造出像堯、舜這樣偉大的人物，他哪裡肯以世物為務呢？」

宋人資章甫而適諸越❶，越人斷髮文身❷，無所用之。堯治天下之民，平海內之政，往見四子❸藐姑射之山，汾水之陽❹，窅然喪其天下焉❺。

【注釋】

❶資：貨，採買。章甫：殷人的禮帽。適：往。宋國為殷商之後，人民多講習禮儀，所以文中的宋人以為章甫是有用之物，採購到越國出售。

❷此句是說：當時越國文化未開，人民都剪去頭髮，身塗花紋。《漢書．地理志》作「文身斷髮，以避蛟龍之害。」

❸四子：指被衣、王倪、齧缺、許由。〈天地篇〉：「堯之師曰許由，許由之師曰齧缺，齧缺之師曰王倪，王倪之師曰被衣。」

❹陽：水的北面。汾水：在今山西平陽，曾是堯的首都。

❺窅然：同「冥然」、「杳然」，深遠的樣子。喪：遺忘。一說，茫然自失的樣子。

【語譯】

宋國人帶著殷制的冠帽到越國去賣，越人的習俗，剪去了頭髮，身上塗畫著文彩，用不著戴冠帽。堯治理了天下的百姓，安定了海內的政事，便往遙遠的姑射山上去見王倪、齧缺、被衣及許由四人，就在汾水的北方，看見他們逍遙自在的樣子，堯悠然地把天下都遺忘了。

惠子❶謂莊子曰：「魏王貽我大瓠之種❷，我樹之成❸，而實五石❹，以盛水漿，其堅不能自舉也❺。剖之以為瓢，則瓠落無所容❻。非不枵然❼大也，吾為其無用而掊❽之。」莊子曰：「夫子固拙於用大❾矣。宋人有善為不龜手之藥❿者，世世以洴澼絖⓫為事。客聞之，請買其方百金⓬。聚族而謀⓭曰：『我世世為洴澼絖，不過數金；今一朝而鬻⓮技百金，請與之。』客得之，以說吳王。越有難⓯，吳王使之將，冬與越人水戰，大敗越人，裂地而封之⓰。能不龜手，一也；或以封，或不免於洴澼絖，則所用之異也。今子有五石之瓠，何不慮以為大樽⓱而浮乎江湖，而憂其瓠落無所容，則夫子猶有蓬之心⓲也夫。」

【注釋】

❶ 惠子：即惠施，宋國人，仕於梁，為梁惠王相。是先秦的思想家，屬於「名家者流」。

❷ 魏王：舊說以為即梁惠王。魏自河東遷大梁，故又叫梁。大瓠：即大葫蘆。種：種子。

❸ 我樹之成：我種植它，已經結了葫蘆。

❹ 實：指容量。五石：一石十斗，五石有五十斗。此言葫蘆可容納五石的東西。

❺ 堅：硬度。舉：拿起。其堅不能自舉：是說葫蘆的質地虛脫，用以盛水，力不能自勝，所以無法把它舉起來。

❻瓠落：就是「廓落」，平淺的樣子。無所容：無法容納東西。

❼枵（音「消」）然：形容物件空虛而巨大的狀詞。此處的葫蘆，舊說以為是惠施用來比喻莊子所說的話誇誕空虛，如大瓠之不適於用。

❽掊（音「剖」）：擊破。

❾拙於用大：不善於把事物利用在大的地方。

❿龜（音「軍」）：同「皸」，皮膚因為天冷而凍裂叫「皸」。不龜手之藥：預防皮膚生凍瘡的藥。

⓫洴澼（音「平闢」）：漂打。絖（音「況」）：同「纊」，較纖細的絮。洴澼絖：在水上漂打絮。

⓬方：藥方。百金：黃金百斤。

⓭聚族而謀：召集全家族來商議。

⓮鬻（音「玉」）：出售。

⓯越有難：越國有內亂。一說，有：為。是說越國來為難攻打吳國的意思。

⓰裂地而封之：是說吳國分出一塊土地，封給那位帶兵擊敗越人的客人，以為采邑。

⓱慮：有二解：一說，慮：結綴、縛、繫。此句是說：把此瓠繫在身邊，浮於江湖，可以自渡。一說，慮：考慮的意思。大樽：古代所謂「腰舟」，即以匏瓠一類的東西繫在腰間，作為渡水之用。

⓲蓬：指短而不暢之物，或指見解迂曲狹隘之人。有蓬之心：猶言見識淺陋之心。一說，蓬：「蒙」之假借字，作「蒙蔽」解。

【語譯】

惠子對莊子說：「魏王給了我大葫蘆的種子。我種了，結的葫蘆極大，中間可以裝五石的容量。可是用來盛水漿，它的質地不堅固，不能舉起來。分開切成兩個瓢子，卻又平淺不能容納什麼東西。並不是它不大，可是我因為它沒有什麼用處，就把它擊破了。」

莊子說：「先生實在不善於使用物件到大的用處上了。宋國有一個人，擅長製造搽了皮膚不皸裂的藥，所以世世代代以漂洗絲絮為生。有一個客人聽見這個消息，情願出百金收買這個藥方。宋國人聚集了族人，共同商議道：『我們家世世代代以漂絮為業，不過賺取數金而已，現在一天之內，就可以得到百金，就賣了罷。』客人既得到這藥方，便獻計給吳王。越國那時有內亂，吳王就拜他為將，冬天同越國人水中作戰，大敗越國人。吳王分封土地給這個客人。防止皮膚皸裂的藥是相同的，有的用了得到封地，有的仍不免漂打絲絮，就是因為用的方法不同。現在你有五石大的葫蘆，何不用繩把它結成大酒器縛在腰間，漂游於江湖之上呢？你反而愁它裡面平淺，不能容納什麼東西，可見你還有迂曲不通的想法吧？」

惠子謂莊子曰：「吾有大樹，人謂之樗❶。其大本擁腫而不中繩墨❷，其小枝卷曲而不中規矩❸。立之塗❹，匠者不顧。今子之言，大而無用，眾所同去❺也。」莊子曰：「子獨不見狸狌❻乎？卑身而伏❼，以候敖者❽；東西跳梁❾，不避高下，中於機辟❿，死於罔罟⓫。今夫斄牛⓬，其大若垂天之雲。此能為大矣，而不能執鼠。今子有大樹，患其無用，何不樹之於無何有之鄉⓭，

廣莫⑭之野，彷徨乎無為其側⑮，逍遙乎寢臥其下；不夭斤斧⑯，物無害者；無所可用，安所困苦哉？」

【注釋】

❶ 樗（音「書」）：落葉喬木，俗名臭椿。質地甚劣，不能用做器材。

❷ 大本：主幹。擁腫：今寫作「臃腫」，指木上多贅疣。繩墨：匠人取材時用以求直的工具。

❸ 卷曲：今寫作「蜷曲」，指樹枝多彎曲而不平直。規：匠人取材時用以求圓的工具。矩：用以求方的工具。

❹ 立之塗：是說大樗樹立在路邊，匠人連看都不看。塗：同「途」。

❺ 眾所同去：是世人所共鄙棄的。

❻ 狸：同「貍」，野貓。狌（音「生」）：即鼬（音「又」），俗名黃鼠狼。

❼ 卑身：低身。伏：匍匐在地。

❽ 敖：同「遨」。遨者：即遊者，指來來往往的動物，如雞、鼠之類。

❾ 梁：同「踉」。跳踉：即跳躍、竄越。

❿ 機：弩機，捕獸的器具，一觸即發弩。辟：陷阱。此言狸狌雖巧，終不免被人所誘陷，以致為機辟所中。

⓫ 罔：同「網」。罟（音「古」）：也是網類。以上二句是比喻有聰明才智之人，終不免為人所害。

⓬ 斄牛：即旄牛，產於我國西南方，軀體甚大。這是比喻大智若愚之人，雖然不能捕鼠，卻能全身遠

禍。

⑬無何有之鄉：猶言一無所有之處。

⑭廣莫：猶言廣大。

⑮彷徨：彷徉，遊戲。無為：猶言無所事事。

⑯夭：夭折。此句是說：樗樹為無用之木，故不為斤斧所損傷，不致夭折。

【語譯】

惠子對莊子說：「我有一棵大樹，人們稱它做樗。它的主幹臃腫盤結，不合乎繩墨；它的小枝彎彎曲曲，不合乎規矩，都不能製成器具；立在大路當中，匠人都不去理會它。現在你所講的話，大而不適用，也和這樹一樣，是眾人所共棄的了！」

莊子說：「你偏不曾見野貓和黃鼠狼嗎？蹲下身軀暗伏在地，來等候來往的小動物，東跑西跳，不管高低，往往中了捕獸的機關，死在陷阱之中。現在有隻旄牛，身體的巨大就像垂掛天邊的雲彩，可是卻不能捉老鼠。現在你既然有此大樹，愁它無用，何不把它種在空無所有的地方，廣漠浩大的郊野，可以在它旁邊無所事事的盤桓，在它底下舒舒適適的睡躺，不會遭到斧斤砍伐，也不會妨害別人，既然對人沒有用處，哪裡會遇到困苦呢？」

析論

〈逍遙遊〉是《莊子・內篇》的第一篇，也可以說是全書的綱領，一般都認為是莊周的作品。逍遙遊，意思就是逍遙自在的遨遊，不受外物拘牽。莊子以為天地之間，事物有大小之分，人的修養也有高下之別，假使我們不用人為的力量勉強分出優劣強弱，使「物任其性，事稱其能，各當其分」，我們便可以達到逍遙至樂的境界。篇中說：「若夫乘天地之正，而御六氣之辯，以遊無窮者，彼且惡乎待哉！」怡然自得，不待外物，這正是本篇的主旨。

本篇文章可以分為三大段。第一大段又可分為六個小段。

第一小段，文章一開始，作者即以豐富的想像力，描寫腹背有數千里長、雙翼像垂天之雲的鯤鵬，從北海展翅欲飛往南海的雄姿。當牠正欲奮翼而飛時，文章卻一轉，說鯤鵬現在還不能飛，要等海動風起時，才能起飛，這就指出鯤鵬要想遨遊天際是必須有所憑藉、有所等待的。

接著，第二小段裡，作者引用《齊諧》的說法，進一步描寫鯤鵬起飛時的雄姿。然後作者舉出野馬、塵埃為例，說明天地之間，生物氣息，更相吹動；野馬、塵埃為物輕微，被其他生物氣息所吹拂，便飄蕩不息，這就好像鯤鵬等待海動風起時，才能奮翼高飛。牠們都是有待外物，而非自得的。所以，鯤鵬飛上九萬里高的天空時，牠是不是真的逍遙天際呢？或者說，牠是不是真的已飛到天頂呢？作者沒有正面回答，卻設譬而問說：那蒼蒼的天色是它真正的顏色嗎？還是因為高得無法到達它的頂點才是那個樣子呢？鯤鵬往下看，是不是也像從下面往上看一樣浩渺無窮呢？言下之意，鯤鵬仍然有所等待，需要憑藉。這就猶如積水不厚，無法載動大船一樣，如果風力不強，也就無法托起鯤鵬的翅膀，所以鯤鵬要等到風吹得強勁，才能憑藉風力展翅高飛，沒有東西可以阻擋牠。為了說明這個道理，莊子又引用了一個例子：倒一杯水在坳塘之上，以小草為舟，就可以浮起來；假使以杯為舟，就會膠著在地面了。這更進一步闡明了鯤鵬必須憑藉外物，必須待風而飛，還不算是真的逍遙之遊。

第三小段，先以蜩和斑鳩不能理解鯤鵬待風而動的大志，反而嘲笑鯤鵬費力遠飛的寓言為喻，說明大和小兩者之間，認識是有所不同的。然後又舉適莽蒼者為例，說到近郊去的人，只須吃三頓飯就可以返回；到百里之外去的人，出發前夕就要籌備米糧；到千里以外去的人，更需要準備三個月的糧食。雖然這三種人的路程遠近不同，但在需要糧食，也就是有所待這一點上，是完全相同的。「之二蟲，又何知！」文章在這裡，又呼應上文，說蜩和斑鳩這兩種小蟲如何能懂得逍遙的道理呢？文章用反問來強調說明這一論點。

第四小段，緊扣上文所言大小兩者認識的不同，提出了「小知不及大知，小年不及大年」這個論點。為了說明這個道理，作者又以朝生暮死的朝菌和夏生秋死的寒蟬，以及冥靈和椿木為例，說明小大兩者，在年壽、經歷等各方面的差異，造成了彼此之間的不了解。作者說世人不知道有八千歲為一季的大椿，所以才會把彭祖當做長壽的人來自比，這不是很可悲嗎？作者提出這些，用意是在於補充說明小大兩者在認識上的差距，呼應前文蜩與斑鳩和鯤鵬之間，實在也是「小知不及大知」的例子。

第五小段，引用湯和棘的問答，再次印證了上述引譬所說的道理。這是一段附錄性質的文字，作者描述了鯤鵬巨大的形體、遠大的抱負和雄偉的力量，用來和斥鴳的渺小無知相比較，以補充說明前段文字關於小大兩者都各有所待的論點；同時，對前幾段關於小大不相及、小大不相知和小大各有所待的論點作了照應，充分顯示了說理的嚴密性。

第六小段在前五段以譬喻說理之後，回到人事上來，針對當時社會上認為是有作為的四種人，指出他們也是識見淺短的人，所以宋榮子要嗤笑他們。然後，又說像宋榮子那樣能辨別自我、外物分際，能分清榮辱界限的人，雖然他的修養比上面四種人要高得多，但是正像鯤鵬比斥鴳一樣，一樣是有所待的。

接著，作者引用傳說中列子駕風遨遊的事，說：列子輕飄飄地駕風而行，十五天就可以返回原處，似乎輕快靈妙，無所不至，但是作者卻又指出：列子出遊，雖然可以免於步行，但是他仍然需要憑藉外力，有所等待，如果不是順風，他又怎麼能夠駕風遨遊呢？所以列子御風而行，是不是就能逍遙而遊呢？結論還是否定的。

以上的文字，多從反面去印證，從「若夫乘天地之正」以下，文章才轉而從正面去肯定「無所待」和逍遙遊之間的關係，不但可與前文相對應，而且又為後文第二、三大段至人無己、神人無功、聖人無名的論證，準備了前提。所謂「無所待」，作者以為就是要做到順乎萬物的常性，掌握六氣的變化，在無窮的時空中，自由自在的遨遊。能做到這一點的是什麼人呢？那就是無己的至人、無功的神人、無名的聖人。所謂無己，就是任天順物，忘其自我；所謂無功，就是無意求功而自然造福人類；所謂無名，就是不求聲名，遠離仕途。這是作者理想中的境界，至人的境界又被認為是最高的，這也就是無所待的逍遙遊的境界。

第二大段包含三個小段。第一小段，重在舉例說明「聖人無名」。先說帝堯要把帝位讓給許由。用「日月」、「時雨」比喻許由之德，而以「爝火」、「浸灌」自喻，形象非常鮮明。然後是許由的回答。許由說堯治天下，天下已治，他自己再出來接任繼位，豈非為了聲名？聖人忘名，許由自然是不肯答應。鷦鷯之巢深林和偃鼠之飲河水，庖人和尸祝，這兩層譬喻，也都更容易使讀者明白文中所要闡明的道理。杜甫〈清明詩二首之一〉云：「鐘鼎山林各天性」，是勉強不來的。堯治天下，許由逃隱，也不過是各適其性而已。

第二小段，重在舉例證明「神人無功」。第一小段的故事，又見《呂氏春秋．求人篇》，這一小段亦見《列子．黃帝篇》，文字都有些歧異。第二小段是記敘肩吾和連叔的對話。肩吾說：接輿說了一個藐姑射之山神人的故事，幾近神怪荒唐，所以他不相信，這個故事中的神人，肌膚、姿態、飲食、出遊無不飄飄然有仙氣，尤其是「其神凝，使物不疵癘而年穀熟」一句，更令人匪夷所思。所以肩吾以為是誑言。連叔的答話，主要是肯定接輿的話。他以為就神人而言，不「弊弊焉以天下為事」，但自然會「旁礴萬物以為一」，大水溺不了他，大火燒不了他，即使是他廢棄不用的東西，都還可以造就堯、舜一樣的事業，這種神人，只是肩吾沒有見識過而已，文中「瞽者無以與乎文章之觀，聾者無以與乎鐘鼓之聲」之類的句子，巧於設譬取喻，很有文采，使說理的文字都變得生動有趣了。

第三小段，是舉例證明「至人無己」。宋國為殷商之後，自然重視禮儀，所以章甫這種禮帽對宋人而言，是有用之物，但對斷髮文身在水中討生活的越人來說，這種禮帽卻毫無用處。同樣的道理，堯治天下，天下太平，應該是有德業的了，但他去藐姑射之山，見許由等四位前輩時，卻悵然若有所失，他的治績德業都好像消失不見了。

第二大段藉一些故事史實，來申明無名、無功、無己的道理，同時說明了無待的意義。

第三大段包含兩個小段，進一步說明無待乃能逍遙的道理。兩個小段都是記述莊子和惠施的問答。惠施是當時的「名家」，本來就是善於循名責實的人。在《莊子》一書中，莊子和惠施的問答，有很多精彩的故事。這裡就是其中兩個精彩的片段。

第一小段是寫惠施告訴莊子說：魏王送了他一個大瓠的種子，惠施栽種了它，已經結了果實，果實極大卻毫無用處，所以把它打破了。跟第二大段裡的寓言一樣，莊子的答話是遠勝過惠施的。莊子舉了不龜手之藥的故事，來說明惠施的「拙於用大」。有個宋國人，他家世世代代以漂打絲絮為業，雖有祖傳祕方，不會使皮膚皸裂，卻不知善加運用到大的用處上，因此所獲無幾，僅能維生。有位客人向他買了藥方，去向吳王獻計。吳、越水鄉之國，彼此交惡，常常打仗，有一次在吳、越發生戰爭時，吳國軍隊因為有這種不龜手之藥，所以即使在天寒時水中作戰，皮膚也不會凍裂，因而就把越人打敗了。這位客人也因此得到吳王的封地。同一種藥物，用的地方對不對，效果竟然差距這麼大。莊子用了這個例子來告訴惠施說，那個可以容納五石的大瓠，何不以之為大樽而遨遊於江湖之上呢？無用之為用，這種用處才大哩！

第二小段和第一小段一樣，一開頭也是惠施告訴莊子說，他有一棵樗樹，長得高大卻沒有用處，匠者經過都不肯回頭瞧它一眼！在惠施想法之中，好為大言的莊子，對此無用的樗木應該沒有什麼可以辯解的了，哪裡知道莊子又引用狸狌和斄牛之事為例，駁難他一番。莊子說，狸狌自以為聰明，反而被聰明所誤，死於陷阱之中，而斄牛雖無捕鼠之能，卻能遠害全身。莊子藉此來說明物之大小，用之有無，這些人為的觀念是要打破的，假使能夠任性自得，各適其分，那麼小用可以有大用，無用也可以變為有用，這也就是「無待」的本義了。

「今子有大樹，患其無用，何不樹之於無何有之鄉，廣莫之野，彷徨乎無為其側，逍遙乎寢臥其下」，這才是真的逍遙之遊！莊子的文章，跌宕起伏，縱橫神奇，氣勢非常雄渾，我們從這篇文章可以看得出來。

養生主

莊子

吾生也有涯，而知❶也無涯，以有涯隨❷無涯，殆已❸；已❹而為知者，殆而已矣。為善無近名，為惡無近刑❺。緣督以為經❻，可以保身，可以全生，可以養親，可以盡年。

【注釋】

❶知：同「智」，指知識，兼指人的內心活動。一說，知：指願望。
❷隨：追求。
❸殆已：猶言完了。殆：危。
❹已：此處作「這樣」解。有既然如此的意思。
❺此二句是說：處乎中道，不要有榮譽或刑辱加於其身。
❻緣：遵照，順著。督：作「中道」解。督，本是脈名，在人體的脊骨裡，而脊骨則在人體部位的最中央，所以督可解為「中」。經：常，常道。

【語譯】

我們的生命有限，但知識卻無窮；以有限的生命，去追求無窮的知識，就完了！已經這樣卻還自以為聰明的人，就更是完了啊！所以懂得養生的人，做好事，不必獲得名譽；做壞事，不要觸犯刑法。順著中道來作為常法，便可以保護身體，可以健全性靈，可以奉養父母，可以享盡天年。

庖丁為文惠君解牛❶，手之所觸，肩之所倚，足之所履，膝之所踦❷，砉然嚮然❸，奏刀騞然❹，莫不中音❺。合於「桑林」之舞，乃中「經首」之會❻。

文惠君曰：「譆❼，善哉！技蓋至此乎？」

庖丁釋刀對曰：「臣之所好者道也，進❽乎技矣。始臣之解牛之時，所見無非（全）牛者。三年之後，未嘗見全牛也。方今之時，臣以神遇而不以目視，官知止而神欲行❾，依乎天理❿；批大郤⓫，道大窾⓬，因其固然。技經肯綮之未嘗⓭，而況大軱⓮乎？良庖歲更刀，割⓯也；族庖⓰月更刀，折⓱也。今臣之刀，十九年矣，所解數千牛矣，而刀刃若新發於硎⓲。彼節者有間，而刀刃者無厚；以無厚入有間，恢恢乎其於游刃必有餘地矣。是以十九年而刀刀若新發於硎。雖然，每至於族⓳，吾見其難為，怵然為戒，視為止，行為遲。動刀甚微，謋⓴然已解，如土委地。提刀而立，為之四顧，為之躊躇㉑滿志，善刀㉒而藏之。」

文惠君曰：「善哉！吾聞庖丁之言，得養生焉。」

【注釋】

❶庖丁：姓或名叫做丁的廚子。一說，庖丁：即廚師。文惠君：即梁惠王。解牛：宰牛。

❷踦（音「以」）：獨腳站著。這裡是說宰牛時，用一膝蓋抵住牛身。

❸砉（音「話」）：皮骨相離的聲音。嚮：通「響」，指聲音的應和。

❹奏：進。騞（音「或」）：拿刀剖解東西發出的聲音。

❺中音：合乎音律。

❻桑林：商湯舞樂名。經首：堯樂名。會：猶言節奏。

❼譆（音「西」）：同「嘻」，讚歎聲。

❽進：超越。

❾官知：猶言視覺。神欲：猶言精神活動。

❿天理：指肌肉的天然組織。

⓫批：作「擊」解。郤：同「隙」，指骨節間隙交際的所在。

⓬道：同「導」，順著，循著。窾（音「款」）：空。

⑬技：應作「枝」，指支脈，即小血管。經：指經脈，即大靜脈，亦即大血管。肯：指附在骨上的肌肉。綮（音「起」）：筋肉聚結的地方。嘗：試。
⑭軱（音「估」）：股部的大骨。
⑮割：指以刀割肉。
⑯族：雜，眾。族庖：指一般的廚子。
⑰折：劈砍。一說，折：當作「拆」，以刀拆骨。
⑱發：磨好。硎：磨刀石。
⑲族：指筋骨交錯聚結的地方。
⑳謋（音「或」）：同「礫」，骨與肉分離的樣子。
㉑躊躇：從容自得的樣子。
㉒善刀：拭刀，把刀擦乾淨。

【語譯】

姓丁的廚子為文惠君宰牛，手所碰到的，肩所依傍的，腳所踩著的，膝所抵住的，以及皮骨分開的聲響，拿起屠刀騞騞剖解的聲音，全都有板有眼，合乎音節；能夠配合商湯的「桑林」歌舞，能夠合乎帝堯的「經首」的節奏。

文惠君說：「嘻！好呀！技術怎麼能夠好到這個地步呢？」

丁廚子放下屠刀回答說：「臣下所愛的是宰牛的原理，已經超過宰牛的技術啦！起先臣下剛宰牛的時候，眼睛所看的，沒有不是牛的身體。三年以後，眼睛裡面才沒有整條牛的樣子。到了現在這個時候，臣下是靠精神去體會，而不必用眼睛去觀看；視覺停止了，只憑精神活動，便可以宰牛了。順著肌肉組織，批開骨節肉的大空隙，找到大的孔洞，一切都順著牠自然的結構，絲毫不加勉強。連大小血管、黏筋貼骨的細微肌肉，都不曾碰到，更何況是大股肉呢？高明的廚子，一年換一次刀，因為是用割的；普通的廚子，一個月換刀一次，因為是用砍的；但臣下所用的刀，已經用過十九年了；所宰的牛，少說也有幾千頭了；但是刀鋒卻還像是剛從磨刀石上磨過的一般。因為牠的骨節之間有空隙，而刀鋒不怎麼厚，所以把不厚的刀鋒，轉動在有空隙的骨節間，對於轉動的刀鋒，大大的空隙自然綽有餘地，因此雖曾用了十九年，這刀鋒仍舊像剛從磨刀石上磨過的一般。不過，雖然如此，每當碰到筋骨交結的地方，我看那不好處理，就很小心的警惕自己，視線為之集中，動作為之遲緩，運轉刀子非常慢，直到謋地一聲，已經分解了，就像泥土落在地上，沒有痕跡，然後才拿起刀兒站著，為此抬頭四下望望，為此而志得意滿，把刀兒擦拭乾淨，然後收拾起來。」

文惠君說：「好極了！我聽了丁廚子的話，領會到養生的道理了。」

公文軒見右師❶而驚曰：「是何人也？惡乎介也❷！天與？其人與❸？」曰：「天也，非人也；天之生是使獨也。人之貌有與❹也；以是知其天也，非人也。」

【注釋】

❶公文軒：人名，相傳為宋國人。右師：官名，此亦借指人。

❷惡（音「烏」）：何。介：一隻腳。也：兩個「也」字都同「耶」字。

❸天：指先天；意即天生便是如此。人：指後天；意即由人事關係成為這樣。與：兩個「與」字都同「歟」字。

❹有與（音「玉」）：是說兩足共行。

【語譯】

公文軒看見右師，驚異地說：「這是什麼人呀？怎麼才只一隻腳呢？天生的嗎？還是人為的呢？」右師說：「是天生，不是人為的；命運就是這樣安排使我一隻腳的。人的形貌都是天生兩隻腳；所以知道這一隻腳也是天生的，都是由於命運的安排，不是人為的。」

澤雉❶十步一啄，百步一飲，不蘄畜乎樊中❷；神雖王❸，不善也。

【注釋】

❶ 澤雉：草澤中野生的雉鳥。

❷ 蘄：求。畜（音「序」）：養。樊：養鳥的籠子。

❸ 王：同「旺」，意即旺盛。

【語譯】

沼澤地帶的野雞，辛辛苦苦跑了十步才敢吃一次東西，跑了百步才敢飲一次水，卻不願意給人收養在籠子裡。在籠子裡，縱使神氣飽滿，畢竟是不自由的。

老聃死❶，秦失❷弔之，三號而出❸。弟子曰：「非夫子之友邪？」曰：「然。」「然則弔焉若此，可乎？」曰：「然。始也吾以為其人也，而今非也。向❹吾入而弔焉，有老者哭之，如哭其子；少者哭之，如哭其母。彼其所以會之❺，必有不蘄言而言❻，不蘄哭而哭者；是遯天倍情❼，忘其所受❽；古者謂之遁天之刑❾。適來，夫子時也；適去，夫子順也❿；安時而處順，哀樂不能入也；古者謂是帝之縣解⓫。」

【注釋】

❶老聃：即老子，相傳姓李，名耳，字聃，楚國苦縣厲鄉（今河南鹿邑縣東）人。老子死於何時何地，不可確考；此言「老聃死」，乃是寓言。據《史記．本傳》說，他自函谷關著書而去，莫知所終。

❷秦失：人名。失，一作「佚」。

❸三號而出：哭了三聲就出來了。

❹向：剛才。

❺彼：指靈前弔唁的人。會：聚集。之：指靈前。

❻不蘄：同「不期」，意即不期然而然。言：說悲悼的話。

❼遯天：猶言逆天。倍：同「背」，猶言違背。情：真理。

❽受：稟受，所受，指人類所受於大自然的本性。

❾遁：同「遯」。遁天之刑：猶言逆天之過。

❿適：偶然。夫子：指老聃。此二句是說：夫子偶然而來，乃是應時而生；夫子偶然而去，乃是順理而死。

⓫帝：指天，造物主。縣：古「懸」字。此句是說：人類原有許多無形束縛，不能真正自由，這情致便叫做「懸」。假使能不為哀樂所傷，就像是不受束縛而獲得解脫，這便叫做「懸解」。

【語譯】

老聃死了，秦失去弔喪，嘴巴乾號了三聲便走了出來。有個學生問道：「您不是老師的朋友嗎？」秦失說：「對。」學生又問：「那麼，弔喪像您這樣子，對嗎？」秦失說：「對。從前我以為他是和我一樣的人；現在他卻不是了。剛才我進去弔祭的時候，看見有些老的哭祭他，像哭祭自己的兒子；年輕的哭祭他，像哭祭自己的母親。他們所以會一齊聚在靈堂裡面，一定都各有他們不想訴說卻自然訴說出來、不想哭泣卻自然哭泣出來的原因。但這些都是違反自然、不合情實的，忘了他們天性的舉動。古人稱這個叫做違反自然的原則。偶然來到這世界，是你們老師應時而生；偶然離開這世界，也是你們老師順理而死；一個人能夠安於時運，順應變化，哀樂的情感就不會進入胸中了。古人稱這個叫做自然束縛的大解放。」

指窮於為薪❶；火傳也，不知其盡也。

【注釋】

❶ 是說用手來搬木柴以保持火的燃燒，總有力竭火消之時。見王先謙《莊子集解》注。其他說法尚多，不贅舉。

【語譯】

用手指來折取柴薪，讓火繼續燃燒，總有力窮的時候；若是讓火自然燃燒，反而不知道它會延續到什麼時候。

析論

〈養生主〉是《莊子．內篇》中的名篇，主旨是在說明順應自然法則，摒棄人為的價值觀念，以求精神的逍遙。

這篇文章有論有證，是先秦諸子散文的一種模式。它論在證先，與《戰國策》〈鄒忌諷齊王納諫〉的證在論先，是不同的，它也不同於〈逍遙遊〉的夾敘夾議。論在證先的寫法，好處是在於文章的主旨，可以開門見山，一目了然，而不必迂迴論述。

這篇文章既然論在證先，第一段自然是論，也就是作者要揭示的全篇主旨。簡言之，就是所謂總綱，作者在提示了總綱之後，然後下文才連用了五個譬喻，來烘托這個主題。

第一個譬喻是庖丁解牛的故事。這個故事寫得非常精彩，古人曾評之為「筆筆化工」。它的特點是通過庖丁本人和文惠君的談話來敷演成一個故事，說明養生的道理。在對話以前，作者先寫了神乎其技的一段故事，雖然近乎荒唐，卻又引人入勝，覺得一切都在情理之中。這一小段描寫，庖丁並未發言，只有四肢動作的描寫，可是作者寫手、肩、足、膝的動作，連用四個動詞都很貼切，也沒有溢出現實生活之外，然而卻由於作者善於經營，使用了很多解牛聲音的句子，這種動作與聲音和音樂、舞蹈配合起來，於是乎出現了浪漫的氣氛和神奇的場面，然後才以文惠君的一句話：「技蓋至此乎？」承上啟下，轉入下文，讓庖丁自道他解牛的經過。

文惠君問的是「技」，庖丁回答的卻是「道」。由「技」到「道」的過程，本來就是抽象的，所以作者寫了宰牛的「刀」。從「良庖歲更刀」以下，到「恢恢乎」一句為止，都是著重寫刀，這是用刀來表現庖丁「道進乎技」的具體形象，以刀如「新發於硎」來表現庖丁解牛的水平。用「良庖」、「族庖」做陪襯，說他們的刀屢被更換，就是說明他們的技術水平低，而庖丁的刀，經過十九年之久，刀刃卻如新發於硎，說明了庖丁已能「依乎天理」、「因其固然」，掌握了「牛」之「道」，不但技高，而且「道」深。從「雖然」以下到「如土委地」一句，是說明了庖丁解牛，雖然技高道深，但他也有需要聚精會神的時候，這就暗示了人生也有逆境的時候。逆境需要靠人來克服，才能克服困難，渡過難關，這也是莊子文章寫得細膩深刻的地方，從而更可看出由「技」之進乎「道」，是多麼不容易，多麼了不起。得道的人，不是遇不到困難，而是能面對困難，把它克服。連最難克服的地方都解決了，然後才可以「躊躇滿志」、「善刀而藏之」。

以上這一段寓言寫得非常生動靈活，層次多轉折，句法多變化，但我們對這個寓言故事，還要再進一步提出來，這個故事應非出自〈養生主〉作者的創作，而是從民間傳說加工而成的，它也見於其他先秦古書，如《管子》、《呂氏春秋》等，後來像漢代的《淮南子》、《新書》(《漢書．賈誼傳》曾引用了這個故事)也記載了這個故事，但是仍以《莊子》寫得最精彩。它不但有真實的生活體驗，而且也具有浪漫的超現實的情調。

下面的四個譬喻，無論從篇幅上，還是從分量上來看，都要比第一個比喻短得多也輕得多。但它們仍舊帶有濃厚的文學情趣。

第二個譬喻，寫公文軒和右師的對話，主旨是說明不能以「人」害「天」。安於形殘，亦即養生之道。郭慶藩《莊子集釋》引郭嵩燾說：「善養生者養以神，神全則生全，形雖介(兀)，可也。」人的形體本來都有兩隻腳，現在右師只剩下一隻腳，難怪引起公文軒的驚訝。但是這隻腳之所以失去，無論是天生還是人為的因素，在莊子看來都是天命使然。更重要的是，一個人形體的殘廢與否，對養生並無影響，這才是莊子引喻的本意。

第三個譬喻，寫澤雉的養生，在於不入樊籠。開頭雖然只用了三句話，卻已勾勒出澤雉的行動和精神。作者站在旁觀者的立場，來揣測澤雉的心理：牠不願被人養在樊籠裡，表面上「神雖旺」，但牠的心裡卻是不情願的。其實這是根據人的生活經驗和作者的願望理想寫出來的，只是寫得精練渾融，不露痕跡而已。《韓詩外傳》卷九有一段內容大同小異的文字，拿來跟此段文字一比，就可以看出漢人鋪張誇飾的習氣了：「君不見大澤中雉乎？五步一噣，終日乃飽；羽毛悅澤，光照於日月；奮翼爭鳴，聲響於陵澤者何？彼樂其志也。援置之囷倉中，常噣粱粟，不旦時而飽。然猶羽毛憔悴，志氣益下，低頭不鳴。夫食豈不善哉？彼不得其志故也。」這一方面說明了莊子的文章確實寫得精練，一方面也可以看出先秦和兩漢文風的不同。

第四個譬喻，以老聃之死，秦失（佚）的弔祭，來說達觀死生的道理。這個故事是說：老聃死去，很多人來弔喪，只有老聃的朋友秦失跑進去乾哭了三聲就出來了。弟子們責怪秦失不夠義氣，於是秦失發表了一套「安時而處順」的理論。意思說人的生死，本來就是自然現象，因此沒有必要對死者表示傷心痛哭。他認為那些弔喪哭泣的人，是「遁天倍情」、「忘其所受」。

最後一個譬喻只有三句話：「指窮於為薪；火傳也，不知其盡也。」這三句話中，最大的問題癥結，是對於「指」字的解釋。這個詞也見於《墨子》和《公孫龍子》，很多學者都把它講成概念、共相或觀念等這一類抽象的詞義；也有人根據清初宣穎的《南華經解》說，「指」字的涵義，恰好和上述各種解釋相反，乃是可見可觸的具體之物。宣穎這樣說：「指，可指而見者也。可指之薪雖盡，而不可指之火自傳，無有盡時也。」在《莊子》寓言之中，是屬於文筆精練而涵義豐富的一個。

從這篇文章中，我們了解到：為什麼《莊子》既是哲學著作，又是文學作品的原因。

胠篋

莊子

將為胠篋、探囊、發匱❶之盜而為守備，則必攝緘縢、固扃鐍❷，此世俗之所謂知❸也。然而巨盜至，則負匱、揭篋、擔囊而趨，唯恐緘縢、扃鐍之不固也。然則鄉❹之所謂知者，不乃為大盜積者也？

【注釋】

❶胠（音「屈」）：發，從旁打開。胠篋（音「妾」）：打開箱篋。囊：袋子。匱：同「櫃」。

❷攝：結。緘、縢（音「疼」）：都是繩子的意思。扃（音「炯」）：鎖鑰。

❸知：同「智」。

❹鄉：同「向」字，以前。

【語譯】

假使為了防備開箱子、掏袋子、開櫃子的小偷，而做預防的工作，就一定要捆好箱櫃、袋子上的繩子，關緊鎖鈕，這是世上一般人所謂的聰明。但是大盜來了，就背著櫃子、提著箱子、扛著袋子跑，只擔心繩索、鎖鈕不夠牢固呢！這樣看來，上面所說的聰明人，豈不是替大盜聚積財貨的嗎？

故嘗試論之：世俗之所謂知者，有不為大盜積者乎！所謂聖者，有不為大盜守者乎！

何以知其然邪？昔者齊國鄰邑相望，雞狗之音相聞，罔罟❶之所布，耒耨之所刺，方二千餘里。闔四竟之內❷，所以立宗廟社稷❸、治邑屋州閭鄉曲者❹，曷嘗不法聖人哉？然而田成子❺一旦殺齊君而盜其國，所盜者豈獨其國邪？並與其聖知之法而盜之。故田成子有乎盜賊之名，而身處堯舜之安；小國不敢非，大國不敢誅，十二世有齊國。則是不乃竊齊國並與其聖知之法，以守其盜賊之身乎？

嘗試論之：世俗之所謂至知者，有不為大盜積者乎！所謂至聖者，有不為大盜守者乎！

何以知其然邪？昔者龍逢斬，比干剖，萇弘胣，子胥靡❻，故四子之賢，而身不免乎戮。故跖❼之徒問於跖曰：「盜亦有道乎？」跖曰：「何適而無有道邪！夫妄意室中之藏，聖也；入先，勇也；出後，義也；知可否，知也；分均，仁也。五者不備而能成大盜者，天下未之有也。」

由是觀之，善人不得聖人之道不立，跖不得聖人之道不行。天下之善人少而不善人多，則聖人之利天下也少，而害天下也多。故曰：脣竭❽則齒寒，魯酒薄而邯鄲圍❾，聖人生而大盜起。掊擊聖人，縱舍盜賊，而天下始治矣。

【注釋】

❶ 罔：同「網」。罟（音「古」）：網的總稱。

❷ 竟：同「境」字。此句是說：在齊國的統治範圍之內。

❸ 宗廟：國君祭祀祖先的地方。社：土神。稷：穀神。社稷：國家祭祀土神、穀神的地方。

❹ 邑、屋、州、閭、鄉：都是古代大小不同的地區劃分的名稱。曲：鄉村的一隅。

❺ 田成子：即田常，也叫陳恆。齊國的大夫，殺齊簡公，奪取了齊國的政權。

❻ 龍逢：即關龍逢，夏桀的賢臣，為桀所殺。比干：商紂的賢臣，為紂所殺。萇弘：周靈王（一說敬王）的賢臣，為周所殺。胣（音「赤」）：車裂之刑。子胥：即伍子胥，吳王夫差的賢臣，為吳所殺。

靡：同「糜」，糜爛。

❼ 跖（音「直」）：即盜跖，相傳是柳下惠的弟弟。

❽ 脣竭：嘴脣向上反張。竭：舉。

❾此句是說：楚王大會諸侯，因魯國獻酒味薄而怒，起兵伐魯。梁國本來就想伐趙，只怕魯國救趙，所以不敢動兵。等到楚國伐魯，梁國知道魯沒有餘力救趙，就乘機伐趙，圍攻趙都邯鄲。一說，楚國監酒的人，因為對趙國不滿，故意把魯國味薄的酒與趙對調，獻給楚王。楚王大怒，因而發兵攻趙。

【語譯】

因此，我曾經這樣討論過：世上一般所說的聰明人，有幾個不是替大盜聚積財貨的呢！所說的聖人，有幾個不是替大盜看守財貨的呢！

怎麼知道是這樣的呢？從前的齊國，鄰近的城邑可以互相望見，雞鳴狗叫的聲音可以互相聽見，獵獸打魚的網撒布到的地方，犂頭和鋤頭耕作到的地方，有見方二千多里這麼大。在這個國家四周的邊界之內，所有用來建立宗廟、社稷，治理邑、屋、州、閭、鄉等各級地方的制度，何嘗不是仿效聖人呢？但是田成子一下子殺了齊君，而且篡奪了齊國的政權。他所篡奪的豈只是那個國家而已？連那神聖聰明的法制也一並奪去了！因此，田成子雖然有了盜賊的名聲，而他本人卻坐得像堯、舜一樣的安穩；小國不敢反對他，大國不敢討伐他，子孫十二代一直佔有齊國。這豈不是盜竊了齊國，並且連那神聖聰明的法制也盜去了，用來保護他那盜賊的身體嗎？

我曾經這樣討論過：世上一般人所說的最聰明的人，有幾個不是替大盜積聚貨財的呢！

所說的德行最高的聖人，有幾個不是替大盜看守財貨的呢！

怎麼知道是這樣的呢？從前關龍逢被斬首，比干被挖心，萇弘被裂屍，伍子胥被棄屍糜爛在江中，像他們四位這樣的賢能，卻免不了被殺害。因此盜跖的門徒問盜跖說：「做強盜也有道嗎？」盜跖說：「到什麼地方可以沒有道呢！做強盜的人，預先猜測出別人屋子裡藏著的財物，這是聖智；帶頭進入屋子，這是勇敢；最後走出屋來，這是義氣；知道可不可以下手，這是智慧；分贓公平，這是仁愛。這五項德性不具備而能成大盜的，天下從來沒有見過這種人呢！」

從這些看起來，善良的人不懂得聖人的道理，便不能有所樹立；盜跖不懂得聖人的道理，也不能有所行動。天下的善人很少，不善的人卻很多，那麼聖人對天下有利的時候少，而對天下有害的時候多。所以說：嘴脣高舉張開，牙齒便覺得寒冷；魯國獻給楚王的酒不好，就使趙國的邯鄲被圍困了；聖人產生了，大盜也就起來了。只有打倒聖人，釋放盜賊，天下才會太平。

夫川竭而谷虛，丘夷而淵實；聖人已死，則大盜不起，天下平而無故矣。聖人不死，大盜不止；雖❶重聖人而治天下，則是重利盜跖也。為之斗斛以量之，則並與斗斛而竊之；為之權衡❷以稱之，則並與權衡而竊之；為之符璽以信之，則並與符璽而竊之；為之仁義以矯之，則並與仁義而竊之。

何以知其然邪？彼竊鉤者誅，竊國者為諸侯；諸侯之門，而仁義存焉。則是非竊仁義聖知邪？

故逐於大盜，揭諸侯，竊仁義並斗斛權衡符璽之利者，雖有軒冕之賞弗能勸❸，斧鉞❹之威弗能禁；此重利盜跖而使不可禁者，是乃聖人之過也。故曰：魚不可脫於淵，國之利器不可以示人。彼聖人者，天下之利器也，非所以明❺天下也。故絕聖棄知，大盜乃止；擿玉毀珠，小盜不起；焚符破璽，而民朴鄙；掊斗折衡，而民不爭；殫殘天下之聖法，而民始可與論議。擢亂六律❻，鑠絕竽瑟，塞瞽曠❼之耳，而天下始人含其聰矣；滅文章❽，散五采，膠離朱❾之目，而天下始人含其明矣；毀絕鉤繩，而棄規矩，攦工倕之指❿，而天下始人有其巧矣。故曰：大巧若拙。削曾、史⓫之行，鉗楊、墨之口，攘棄仁義，而天下之德始玄同⓬矣。

彼人含其明，則天下不鑠矣；人含其聰，則天下不累矣；人含其知，則天下不惑矣；人含其德，則天下不僻矣。彼曾、史、楊、墨、師曠、工倕、離朱，皆外立其德，而以爚亂⓭天下者也，法之所無用也。

【注釋】

❶ 雖：通「唯」字。古時「雖」、「唯」常互通。

❷ 權：秤錘。衡：秤桿。

❸ 軒：大車。冕：高帽。軒冕：這裡指貴官。勸：勉。

❹ 斧鉞：都是殺人的兵器，這裡指重刑。

❺ 明：示。

❻ 音樂的調子，有陽調六，陰調六；陽調稱六律，陰調稱六呂。

❼ 曠：春秋時晉國著名樂師，他是盲人，故稱瞽曠，也稱師曠。

❽ 文章：指文采。文：青赤相配的色彩。章：赤白相配的色彩。

❾ 離朱：古代著名的目力很強的人。一名離婁。

❿ 攦：折斷。倕（音「垂」）：堯時的巧匠。

⓫ 曾：曾參，孔子弟子，以至孝稱。史：史鰌，衛國的大夫，以忠直稱。

⓬ 玄同：混合為一。

⓭ 爚（音「月」）亂：擾亂，惑亂。爚：火花四散。

【語譯】

河水乾了，谿谷就空虛了；丘陵平了，深淵就填滿了；聖人既然死了，大盜也就不會興起了。這樣天下就會太平無事了。如果聖人不死，大盜就不會消失；尊重聖人來治理天下，那是增加了盜跖的利益。為人們製造斗斛來量多少，大盜卻連斗斛也劫去了；為人們製造天秤來稱輕重，大盜卻連天秤也劫去了；為人們製造符印來取信作證，大盜卻連符印也給劫去了；聖人用仁義來矯正世俗，大盜卻連仁義也偷去了。

怎麼知道是這樣的呢？那偷了鉤子的人要受誅殺；奪取了國家的人卻做了諸侯。進了諸侯的門，就有了仁義。這不是偷走仁義聖智了嗎？

因此，那些追隨大盜，奪取諸侯，盜竊仁義和斗斛、權衡、符印之利的人，即使有高車冠冕的重賞，也不能勉勵他為善，用斧、鉞的嚴刑重罰，也不能禁止他為惡。造成這些大大有利於盜跖而無法禁止的情況的，都是聖人的過錯。所以說：「魚不可以離開深淵，國家的利器不可以昭示人民。」那些聖人，就是天下治國的利器，是不可以明示天下人的。因此一定要去除聖人，捨棄知識，大盜才能消失。扔掉玉器，毀棄珠寶，小盜就沒有了。燒掉符信，打破印章，人民就純樸了。擊破斗斛，折斷天秤，人民就不爭了。廢除了天下聖人所定的法制，人民才可以跟他們談論道理。攪亂六律等音調，銷毀竽瑟等樂器，塞住師曠的耳朵，那麼天下才能人人保全他們的耳力。消滅各種花紋，分散各樣色彩，封住離朱的眼睛，都麼天下才能人人保全他們的目力。割斷墨斗上的鈎子和繩子，拋棄圓規和曲尺，切斷了工倕的手指，那麼天下才能人人擁有他們的技巧。所以說：大巧的人，外表好像很笨拙。劃除了曾參、史鰌的德行，鉗制住楊朱、墨翟的口舌，拋棄掉仁義，那麼天下人的德性才能與大道混同一致。

假如能夠那樣子，每個人都保全了自己的目力，天下就不會毀壞了；每個人都保全了自己的耳力，天下就沒有憂患了；每個人都收斂了自己的知識，天下就不會迷惑了；每個人都涵養了自己的德性，天下就沒有邪僻了。像那曾參、史鰌、楊朱、墨翟、師曠、工倕、離朱等人，都是向外炫耀他們的德行，因而擾亂了天下。從常法來講，這都是沒有用的。

子獨不知至德之世乎？昔者容成氏、大庭氏、伯皇氏、中央氏、栗陸氏、驪畜氏、軒轅氏、赫胥氏、尊盧氏、祝融氏、伏犧氏、神農氏❶，當是時也，民結繩而用之，甘其食，美其服，樂其俗，安其居，鄰國相望，雞狗之音相聞，民至老死而不相往來，若此之時，則至治已。

今遂至使民延頸舉踵曰：「某所有賢者，」贏糧而趣之。則內棄其親，而外去其主之事，足跡接乎諸侯之境，車軌結乎千里之外，則是上好知之過也。上誠好知而無道，則天下大亂矣。

何以知其然邪？夫弓弩畢弋❷機變之知多，則鳥亂於上矣；鉤餌、罔罟、罾笱❸之知多，則魚亂於水矣；削格、羅落、罝罘❹之知多，則獸亂於澤矣；知詐漸毒、頡滑堅白、解垢同異之變多❺，則俗惑於辯矣，故天下每每❻大亂，罪在於好知。故天下皆知求其所不知，而莫知求其所已知者；皆知非其所不善，而莫知非其所已善者，是以大亂。故上悖日月之明，下爍山川之精，中墮四時之施。惴耎之蟲❼，肖翹之物❽，莫不失其性。

甚矣，夫好知之亂天下也！自三代以下者是已。舍夫種種❾之民，而悅夫役役之佞❿；釋夫恬淡無為，而悅夫啍啍⓫之意。啍啍已亂天下矣！

【注釋】

❶神農氏以上十二人，都是傳說中的古代帝王。

❷畢：帶小柄的網。弋：同「杙」，木橛。一說，弋是帶繩的箭；畢弋：把兔網張設在所立的木橛上面。

❸鉤：釣鉤。餌：釣魚用的食物。罾（音「增」）：打魚的網。笱：捕魚的竹筐。

❹削格：竹竿和木柄，都是用來張設羅網的。羅落：陷阱。罝（音「居」）：兔網。罘（音「福」）：一作「罦」，翻車。

❺知詐漸毒：四字同義，都是欺詐的意思。頡：「黠」之借字。頡滑：狡滑。解垢：詭辯。堅白、同異：指戰國時公孫龍等名家的學說。

❻ 每每：昏昏，胡裡胡塗。
❼ 惴耎之蟲：無足蠕動的小蟲。
❽ 肖翹之物：飛行空中的小蟲，例如飛蛾等等。
❾ 種種：淳厚樸實的樣子。
❿ 役役之佞：善用心機的小人。
⓫ 啍啍：同「諄諄」，誨人不倦的樣子。

【語譯】

你難道不知道道德最高的時代嗎？從前有容成氏、大庭氏、伯皇氏、中央氏、栗陸氏、驪畜氏、軒轅氏、赫胥氏、尊盧氏、祝融氏、伏犧氏、神農氏等人，在他們時代裡，人民打了繩結，就用它來記事，覺得自己的飲食很適口，衣服很美好，風俗很合意，住處很安逸。鄰近的地方，可以彼此望得見；雞鳴狗叫的聲音，可以互相聽得到；可是人們直到老死也不相往來。像這樣的時代，才是最太平的時代呢！

現在竟然到了使人伸長脖子、舉起腳跟說：「某個地方有賢人，大家帶著糧食趕去跟著他。」於是對內拋棄了雙親，對外拋棄了他君上的事情，足跡走遍了諸侯各國的國境，車軌達到了千里以外的地方，這都是君上喜好知識的過錯。如果君上喜好知識而不循常法，那麼天下就要大亂了。

怎麼知道是這樣的呢？彈弓、弩箭、羅網這類機巧的知識多了，那麼鳥就要在天空亂飛了；釣鉤、魚餌、魚網、魚筐這等精巧的知識多了，那麼魚就要在水裡亂游了；削格、陷阱、兔罝、翻車這等巧妙的知識多了，那麼野獸就要在山澤裡亂跑了；人類的欺詐狡滑、詭辯、堅白、混淆同異這樣的變詐多了，那麼世俗就要迷惑於詭辯之中了。因此天下往往就變得昏昏大亂，這些罪過都在於喜好知識的緣故。因此天下的人，都知道去追求他所不知道的，卻不知道去更深入追求他所已經知道的；都知道去反對他所不贊同的，卻不知道去反對他所曾贊同的；所以天下就大亂了。因此上面悖亂了日月的光明，下面浪費了山川的精華，中間破壞了四時的運行，甚至於連地上蠕動的小蟲和空中飛舞的小蛾，沒有一個不失去他的本性。

好弄聰明的人，擾亂天下，真是到了極點了！從夏、商、周三代以來，就已經是這樣了。離開謹厚純樸的人，卻喜歡勾心鬥角的小人；放棄清靜無為的態度，卻喜歡諄諄教誨的意見。這樣諄諄講說，就把天下擾亂了。

析論

〈胠篋〉選自《莊子・外篇》。這是一篇攻擊儒家以仁義說教的文章，反過來說，這也是一篇發揮道家絕聖棄智思想的文章。作者認為標榜仁義的聖人和發明器械文明的智者，都是大盜興起、國家滅亡的根源，所以他主張絕聖棄智，追求一種原始社會的生活方式。

這篇文章，可以分為四大段來說明。

第一大段，從文章開頭到「不乃為大盜積者也」為止，以盜為喻，來說明所謂「知」（就是「智慧」），只是供人做壞事而已，藉此引起下文的討論。

「胠篋、探囊、發匱」，原是盜賊的行為，而「攝緘縢、固扃鐍」則為防盜之用，可以說是智者之事了。但巨盜一到，這些緘縢、扃鐍越是牢固，盜賊搬運起來，越是容易，連「胠」、「探」、「發」都可免了，更加省事。作者就由此來展開論題。

第二大段，從「故嘗試論之」到「掊擊聖人，縱舍盜賊，而天下始治矣」為止，以田成子、盜跖等人之事為例，來說明「聖」、「知」對賢人有害，而對惡人有利。

先說田成子的部分。

「故嘗試論之：世俗之所謂知者，有不為大盜積者乎！所謂聖者，有不為大盜守者乎！」這是說明作者一向秉持這樣的論點。對作者來說，這個論點是肯定的，是確立無疑的。下面一句「何以知其然邪？」只是為了設問作答，進一步去舉例說明這個道理而已。所以，「有不為大盜積者乎！」、「有不為大盜守者乎！」二句，應是驚嘆句，而非疑問句。

「昔者齊國」以下，是「何以知其然邪」的答案。齊國人口眾多，土地廣大，有關齊國的宗廟社稷、行政區域等典章制度，也都取法於聖人，這應是當時人所熟知之事；田成子殺齊簡公而奪其國，這也應是當時人所共知的事情，作者分別用兩個疑問句「曷嘗不法聖人哉？」、「所盜者豈獨其國邪？」來提醒讀者：齊國的典章制度，雖然取法於聖人，但是一旦田成子篡位自立，這些典章制度馬上又為田成子所有了。這樣說來，取法於聖人的典章制度，最後還是為盜賊（如田成子這樣的人）服務了。假使齊國的典章不好，田成子篡位之後，是不是能夠那麼方便統治齊國，「身處堯舜之安」，「十二世有齊國」，恐怕還是疑問呢！所以作者說田成子是「竊齊國並與其聖知之法」。這是把第一大段的道理，推衍到君國之事上。

「嘗試論之，世俗之所謂至知者，有不為大盜積者乎！」等句，跟上面一小段一樣，都是作者先提出意見，再設問作答。作者先舉了關龍逢、比干、萇弘、伍子胥四人為例，說這四人賢則賢矣，進一步說，他們智則智矣，聖則聖矣，但最後卻「身不免乎戮」，可見賢能聖智並無用處。然後，作者藉盜跖和他的徒眾的對話，說明盜賊也具有聖、勇、義、知、仁等德性，因此「善人不得聖人之道不立，跖不得聖人之道不行。天下之善人少而不善人多，則聖人之利天下也少，而害天下也多。」這是說聖、智對多數人有害，而對少數人有利；對賢人有害，而對惡人有利。也因此，作者由此得出「聖人生而大盜起」的結論。

第三大段，從「夫川竭而谷虛」到「法之所無用也」為止，承接上文，反覆來推闡絕聖棄智、大盜乃止的主張。

這段文章頗富整齊之美，有些句子的對仗都很工整，尤其可貴的是，句式雖然整齊，卻一點也不妨礙說理，反而增加了文章的氣勢。「聖人已死，則大盜不起」、「聖人不死，大盜不止」、「故絕聖棄知，大盜乃止」、「擿玉毀珠，小盜不起」、「攘棄仁義，而天下之德始玄同矣」，這樣的主張，充斥在字裡行間，作者的意念是顯而易見的。「彼竊鉤者誅，竊國者為諸侯；諸侯之門，而仁義存焉」，這幾句話，後人常常引用，正可看出作者在主張絕聖棄智的同時，對於當時的「諸侯」，抱著什麼樣的態度。

第四大段，從「子獨不知至德之世乎」到全文末句為止，說明聖、智是天下變亂的根源，所以應該絕聖棄智，取法於原始社會的生活方式。

原始社會的生活方式，是怎麼樣的呢？作者在文中引用了容成氏等十二位傳說中的古代帝王，說：「當是時也，民結繩而用之，甘其食，美其服，樂其俗，安其居，鄰國相望，雞狗之音相聞，民至老死而不相往來。」這樣的生活方式，正是老子的理想世界，也是陶淵明的世外桃源，更是作者理想中的「至治」。至於那些標榜賢智的事物，詭曲狡辯的言論，都是「天下每每大亂」的原因。難怪作者要這樣感嘆了：「甚矣，夫好知之亂天下也！」

第二大段中，提到田成子「十二世有齊國」，有人根據此句，推論這篇文章是比較晚出的作品，但也有人說：田成子原是陳國人，他的祖先自陳入齊，執齊政；由田完傳到田成子，凡七世，由田成子到田和，凡三世；由田和傳到齊威王，凡二世；威王卒，子齊宣王立。故自田完至宣王，共十三世。莊子與齊宣王同時，故上溯過去而言「十二世」。清朝的俞樾，則以為「十二世」是「世世」的訛誤。眾說紛紜，莫衷一是，因此只根據「十二世有齊國」這句話，目前還不能確定這篇作品的著成時代。

【拾】

公孫龍子

《公孫龍子》解題

公孫龍，戰國時趙國人，曾以偃兵非戰的主張，遊說燕昭王及趙惠文王，後來做過趙國平原君的門客，與鄒衍同時。他是戰國末期著名的辯士，與惠施並稱。《呂氏春秋》記載公孫龍遊說燕昭王時，曾有「偃兵之意，兼愛天下之心也。不可以虛名為，必有其實」的話語，可見他的學說與墨家有關。不過，《漢書．藝文志》則列之為名家。名家的學說，主張無論治學處事，都要「循名責實」，惠施和公孫龍就是其中的代表人物。公孫龍著有《公孫龍子》一書，西漢時還保存十四篇，從宋朝以後，就只剩下六篇。〈白馬論〉和〈堅白論〉是其中著名的兩篇，也是他的代表作。

歷年注解《公孫龍子》的著作，像傅山的《公孫龍子注》、俞樾的《讀公孫龍子》、金受申的《公孫龍子釋》、錢基博的《公孫龍子校讀》、王啟湘的《公孫龍子校詮》等等，都值得讀者參閱。

公孫龍子

跡府第一

公孫龍，六國時辯士也。疾名實之散亂，因資材之所長，為守白之論。假物取譬，以守白辯，謂白馬為非馬也。

【公孫龍子選】

白馬為非馬者，言白所以名色，馬所以名形也；色非形，形非色也。夫言色則形不當與，言形則色不宜從，今合以為物非也。如求白馬於廄中，無有，而有驪色之馬，然不可以應有白馬也。

白馬論

公孫龍子

「白馬非馬，可乎？」

曰：「可。」

曰：「何哉？」

曰：「馬者，所以命❶形也；白者，所以命色也。命色者非命形也。故曰白馬非馬。」

曰：「有白馬，不可謂無馬也；不可謂無馬者，非馬也❷？有白馬為有馬，白之❸，非馬何也？」

曰：「求馬，黃黑馬皆可致❹；求白馬，黃黑馬不可致。使白馬乃馬也，是所求一也；所求一者，白者不異馬也。所求不異，如❺黃黑馬有可有不可，何也？可與不可，其相非，明。故黃黑馬一也，而可以應有馬，而不可以應有白馬。是白馬之非馬，審矣。」

曰：「以馬之有色為非馬，天下非有無色之馬也。天下無馬，可乎？」

曰：「馬固有色，故有白馬。使馬無色，有馬如已❻耳，安取白馬？故❼

白者非馬也。白馬者，馬與白也。黑與白，非馬也。故曰白馬非馬也。」

【注釋】

❶ 命：同「名」，稱呼。

❷ 也：同「邪」，嗎。

❸ 白之：用「白」去稱呼牠。

❹ 致：羅致，包括。一說，送達。

❺ 如：通「而」字。轉折詞。

❻ 如已：即「而已」。

❼ 故：同「顧」，但是。

【語譯】

客人說：「說白馬不是馬，可以嗎？」

主人說：「可以。」

客人說：「為什麼呢？」

主人說：「馬這個詞兒，是用來稱呼形體的；白這個詞兒，是用來稱呼顏色的。稱呼顏色的詞兒，不是稱呼形體的，所以說『白馬』不是『馬』。」

客人說：「有了白馬，就不可以說沒有馬了。既然不可以說沒有馬了，那還不是馬嗎？有了白馬就是有馬，用白來稱呼牠，卻說白馬不是馬，這是為什麼呢？」

主人說：「如果要找馬匹，黃馬、黑馬都可以包含；如果要找白馬，那麼黃馬、黑馬就不可包含在內了。如果白馬就等於是馬，那麼要找的馬，是一樣的。要找的馬既然都是一樣，那個白色的馬和馬也就沒有分別了。要找的馬既然沒有分別，那麼黃馬和黑馬有時可以包含在內，有時不可以包含在內，這又是為了什麼呢？可以和不可以彼此不同，是很明顯的。所以，把黃馬和黑馬看成一樣，可以說是有馬，卻不可以說是有白馬。這樣說來，白馬不是馬的道理，就很明白了。」

客人說：「以為馬有了顏色就不是馬，然而天下並沒有不帶顏色的馬，那麼說天下沒有馬，可以嗎？」

主人說：「馬本來就有顏色，所以才有白馬的名稱。假使馬沒有顏色，有『馬』就好了，何必找『白馬』呢？所以白色的馬並不是馬。所謂白馬，就是『馬』加上『白』色。既然是『馬』加上『白』色，就和馬不同了，所以說『白馬』不是『馬』。」

曰：「馬未與白為馬；白未與馬為白；合馬與白，復名白馬。是相與以

不相與為名，未可。故曰白馬非馬，未可。」

曰：「以有白馬為有馬，謂有白馬為有黃馬，可乎？」

曰：「未可。」

曰：「以有馬為異有黃馬，是異黃馬於馬也。異黃馬於馬，是以黃馬為非馬。以黃馬為非馬，而以白馬為有馬，此飛者入池，而棺槨異處，此天下之悖言亂辭也。」

曰❶：「有白馬不可謂無馬者，離白之謂也。不離者，有白馬不可謂有馬也。故所以為有馬者，獨以馬為有馬耳，非有白馬為有馬。故其為有馬也，不可以謂馬馬也。」

曰❷：「白者不定所白，忘之而可也。白馬者言白，定所白者。定所白者，非白也。馬者，無法取於色，故黃黑皆（所）以應。白馬者，有去取於色，黃黑馬皆所以色去。故唯白馬獨可以應耳。無去者，非有去也。故曰：白馬非馬。」

【注釋】

❶ 曰：有人以為應作「以」。以，古作「㠯」，與「曰」形似。

❷ 曰：有人以為應作「以」。同上。

【語譯】

客人說：「馬在沒有和白色結合起來以前只叫『馬』，白色在沒有和馬結合起來以前只叫『白』色；把馬與白色結合在一起，就合稱為『白馬』。這只是把結合在一起的『白馬』，用沒有結合在一起的『白』、『馬』來稱呼而已，是不可以。所以說白馬不是馬，不可以。」

主人說：「把有白馬當作有馬，那麼說有白馬就是有黃馬，可以嗎？」

客人說：「不可以。」

主人說：「以為有馬和有黃馬不相同，這就是把黃馬和馬區別開來了。把黃馬和馬區別開來，就是以為黃馬不是馬了。以為黃馬不是馬，卻認為白馬是馬，這就像是把飛鳥投入水池，把棺和槨說是不在一起了，這真是天下皆知的胡言亂語。」

客人說：「有了白馬，不可以說沒有馬的緣故，那是把白色分開來說的。不把白色分開來，那就是有白馬不可以說是有馬了。因此，你所以認為有馬的原因，只是單單以為馬就是有馬罷了，並不是由於有白馬才認為有馬。所以它只能說是有馬，而不可以說是有『馬馬』！」

主人說：「如果『白』的這個稱呼，不固定在它所指示白色的東西上，那麼忘掉它也是可以的。但是『白馬』這個名稱，乃是『白』固定在它所指示白色的東西上而成立的。『白』固定在它所指示白色的東西上，就不是普通的『白』了。再說，『馬』這種東西，對於顏色是沒有規定要或不要的。所以黃馬、黑馬都可以拿來應付；說是『白馬』的話，那就對顏色有所去取了，黃馬、黑馬都要因為顏色不合而淘汰了。所以只有白馬單獨可以應選。沒有顏色規定的『馬』，不同於有顏色規定的『白馬』，所以說『白馬』不是『馬』。」

析論

「白馬非馬」是公孫龍著名的論題之一。有人以為公孫龍之所以成名，「乃以白馬之論爾」。不過，「白馬非馬」這個論題，並非公孫龍所專有。《戰國策・趙策》裡就記載蘇秦說過這樣的話：「夫刑名之家，皆曰白馬非馬也。」而《韓非子・外儲說左上》也說：「兒說，宋人，善辯者也。持白馬非馬也，服齊稷下之辯者。」兒說亦見《呂氏春秋・君守篇》，是另一個持論「白馬非馬」的人。大概「白馬非馬」這個論題，是當時刑名之家共同的熱門話題，公孫龍所以能夠因此而成名，必然是所論有過人之處。

公孫龍的這篇〈白馬論〉，是用對話的體裁寫成的。它基本的論點是：「白」指馬的顏色，「馬」指馬的形體，這是兩種不同的概念，不能等同看待。換句話說，公孫龍注意到了「一般」和「個別」二者之間的區別，和二者之間的相互關係。因此，他說表示顏色的，不等於表示形體的，所以「白馬非馬」。舉例來說，他以為一般的馬是沒有顏色的，假使馬有了顏色，就不能算是「馬」了。所以，當有人要白馬的時候，就只能送來白馬，而不能送來黃馬、黑馬等其他顏色的「一般」的馬。因此，他運用邏輯思考，辯證「白馬非馬」的道理。

在戰國時代，我國思想家就有這樣縝密的辯證能力，是值得推崇的。

【拾壹】荀子

#《荀子》解題

荀子名況，世稱荀卿，又稱孫卿，是戰國末期趙國人。生卒年不詳，學術活動年代大約在周赧王十七年（西元前二九八年）到秦王政九年（西元前二三八年）。他曾做過齊國的列大夫和祭酒，又做過楚國的蘭陵令，是當時傑出的儒學大師。韓非和李斯都是他的學生。

《荀子》現存三十二篇，其中大多出自荀子筆下，也有他門人的著述。這是研究荀子思想的主要資料，同時也是研究先秦各派學說的重要參考文獻。

荀子以為大自然和人事可以分開來看，人為的力量有時候可以控制大自然，所以他主張「制天命而用之」，表現了人定勝天的思想；對於人性的問題，他提出性惡之說，以為人性本來就是「饑而欲食，寒而欲煖，勞而欲息，好利而惡害」，一切道德規範都是從後天學習得來的，這和孟子的性善之說見解不同；在政治思想方面，荀子代表當時新興的社會階層，標榜「法後王」，提出了以禮治為主、法治為輔的主張。他對於文學的看法，重質尚用，要求文學和政治能夠結合起來。不過，他的〈賦篇〉和〈成相篇〉，對於後世研究辭賦和歌謠的人來說，仍然是必讀的文學作品。

荀子的文章，說理周密，論辯精到，具有樸實的風格，甚為後人重視。漢代或稱《荀子》為《荀卿新書》，唐代楊倞曾為此書作注。清代以來，注釋、研究的人更多。其中，清代王先謙的《荀子集解》、民國梁啟雄的《荀子柬釋》、楊柳橋的《荀子詁譯》和樓宇烈的《荀子新注》，都是值得一讀的參考書。

【荀子選】

非相

荀子

相人❶，古之人無有也，學者不道也。

古者有姑布子卿❷，今之世梁有唐舉❸，相人之形狀、顏色而知其吉凶、妖祥❹，世俗稱之。古之人無有也，學者不道也。

故相形不如論心❺，論心不如擇術❻。形不勝心，心不勝術。術正而心順之，則形相雖惡而心術善，無害❼為君子也；形相雖善而心術惡，無害為小人也。君子之謂吉，小人之謂凶。故長短、大小、善惡形相❽，非吉凶也❾。古之人無有也，學者不道也。

【注釋】

❶相人：為人看相。是說根據人的體態容貌，去判斷他的貴賤、吉凶、禍福。相：看，觀察。

❷姑布子卿：姑布，姓；子卿，名。春秋時鄭國人，曾為趙無恤（即趙襄子）看過相。

❸梁：即魏國，戰國時遷都大梁（在今河南開封附近），所以稱梁。唐舉：亦作「唐莒」，戰國時人，曾為李兌、蔡澤看相。

❹妖祥：指禍福。
❺相形：看容貌、體態。論心：分析思想。
❻擇術：選擇正確的思想方法。
❼無害：不妨礙。
❽長短：指身材的高矮。大小：指身體的魁梧和瘦弱。善惡：指相貌的美醜。
❾非吉凶也：不是決定吉凶的。

【語譯】

為人看相，這種事古代的人是沒有的，學者是不談的。

從前，有個姑布子卿；當今之世，梁國有個唐舉；他們觀察人的形貌、顏色，就知道人的吉凶、禍福，社會上一般人都稱道他們。這種看相的事，古代的人是沒有的，學者是不談的。

所以，觀察形貌，不如分析思想；分析思想，不如選擇行為。形貌不能勝過思想，思想不能勝過行為。行為純正，而思想能順應它，那麼，形貌即使醜惡，但是思想行為卻善良，也就妨礙不了成為君子；形貌雖然美好，而思想行為卻醜惡，也就妨礙不了成為小人。君子就叫做吉祥，小人就叫做凶惡。所以長短、大小、美醜的形貌，都無關於人的吉凶。這種看相的事，古代的人是沒有的，學者是不談的。

蓋❶帝堯長，帝舜短；文王長，周公短；仲尼長，子弓❷短。昔者，衛靈公有臣曰公孫呂❸，身長七尺，面長三尺，焉❹廣三寸，鼻目耳具❺，而名動天下。楚之孫叔敖❻，期思之鄙人也❼，突禿長左❽，軒較之下❾，而以楚霸❿。葉公子高⓫，微小短瘠⓬，行若將不勝其衣然⓭。白公之亂也⓮，令尹子西、司馬子期皆死焉⓯；葉公子高入據⓰楚，誅白公，定楚國⓱，如反手爾⓲，仁義功名著於後世⓳。故事不揣長⓴，不揳㉑大，不權㉒輕重，亦將志乎爾。長短、大小、美惡形相，豈論也哉！

且徐偃王㉓之狀，目可瞻馬㉔，仲尼之狀，面如蒙倛㉕；周公之狀，身如斷菑㉖；皋陶㉗之狀，色如削瓜；閎夭㉘之狀，面無見膚㉙；傅說㉚之狀，身如植鰭㉛；伊尹㉜之狀，面無須麋㉝。禹跳㉞，湯偏㉟，堯、舜參牟子㊱。從者㊲將論志意，比類文學邪？直㊳將差長短，辨美惡，而相欺傲邪？

【注釋】

❶蓋：發語詞，有大概的意思。

❷子弓：一說是孔子的弟子仲弓，姓冉名雍；一說是馯臂子弓，戰國時一個研究《周易》的學者。

❸衛靈公：春秋時衛國國君。公孫呂：人名，事跡不詳。

❹焉：通「顏」，額。一作「而」，或謂當作「眉」。

❺具：齊全。

❻楚：春秋戰國時諸侯國，在今湖北和湖南北部一帶。孫叔敖：春秋時楚莊王的宰相，為人恭儉。

❼期思：春秋時楚國的城鎮名，在今河南固始縣西北。鄙人：鄉野之人。

❽突禿：頭髮短而稀少。長左：左手長；「左」疑本作「肱」（省為「厷」）。一說左腿長。

❾軒：古代車前的直木。一說，曲轅而有藩屏的車。較：古代車前的橫木。軒較之下：身體低於車子的「軒較」，形容孫叔敖身材十分矮小。軒較的訓詁，不一而足，不一一列舉。

❿而以楚霸：卻使楚國稱霸。

⓫葉（音「攝」）公：名諸梁，字子高，楚大夫沈尹戌之子，封地在葉，所以稱葉公。

⓬微小短瘠：形容矮小瘦弱。

⓭若將不勝其衣然：好像連自己的衣服也撐不起來。一說「然」屬下讀，茲不取。

⓮白公：名勝，楚平王的孫子。白公之亂：白公作亂，事見《左傳．哀公十六年》。

⓯令尹、司馬：古時官名，分別為主管政、軍的最高長官。子西：即公子申。子期：即公子結。都是楚平王的兒子。

⓰入據：佔領。

⓱定楚國：使楚國安定。

⓲如反手爾：易如反掌，像把手掌翻過來一樣容易。

⓳著於後世：顯揚於後世。「著」原為「善」，據上下文義改。

⓴事：通「士」，泛指知識份子。揣：測度。

㉑ 揳（音「謝」）：通「絜」，約，估計。
㉒ 權：權衡。
㉓ 徐偃王：西周時徐國的君主。原為徐國諸侯，子爵。
㉔ 目可瞻馬：是說視力不好，僅能看到像馬一樣大的東西。一說，「馬」字元刻本作「焉」。借為「顏」，額的意思。是說眼睛能看到自己的額頭。
㉕ 蒙：戴。倛：通「顛」，一種披頭散髮、面貌凶狠的假面具。這裡形容面貌十分凶狠。一說，蒙倛：即「彭蜞」，一種體小色紅的蟹類動物。
㉖ 斷菑（音「資」）：斷了的枯樹幹。菑：同「椔」，枯木。
㉗ 皋陶（音「搖」）：相傳是舜時掌管刑法的官。
㉘ 閎（音「紅」）夭：周文王的臣子。
㉙ 面無見膚：是說臉上鬍鬚很多，看不見臉上的皮膚。
㉚ 傅說（音「月」）：商王武丁的大臣。
㉛ 身如植鰭（音「其」）：背上就好像長了魚鰭一樣，指駝背。
㉜ 伊尹：商湯的大臣。
㉝ 須麋：同「鬚眉」，即鬍鬚眉毛。
㉞ 禹跳：相傳禹形體有缺陷，瘸著走路。
㉟ 偏：偏枯，指足跛，瘸著走路。一說，半身不遂。
㊱ 參牟子：指兩隻眼裡有三個瞳仁。參，同「三」。一說，重疊的樣子。牟：通「眸」，眼珠。這裡指瞳仁。
㊲ 從者：跟隨的人，指相信相命的人。一說，泛指學者。
㊳ 直：只是。

【語譯】

大概有這些傳聞：帝堯身軀高大，帝舜身軀短小；文王身軀高大，周公身軀短小；仲尼身軀高大，子弓身軀短小。從前，衛靈公有個大臣，名字叫公孫呂，身長七尺，臉長三尺，面額只三寸寬，鼻子、眼睛、耳朵卻也齊全，而名聲震動天下。楚國的孫叔敖，是期思這個地方的鄉下人，禿頭少髮，左手長，身長比車轅低，卻使楚國成就了霸業。楚國的葉公子高，身軀矮小瘦弱，走起路來好像撐不起他衣服的樣子；在白公之亂的時候，令尹子西、司馬子期都死了，而葉公子高卻進兵佔據了楚都，殺了白公，安定了楚國，就如同翻過手掌那麼容易。他的仁義功名，一直流傳於後世。所以，對於事物，不測高矮，不量大小，不秤輕重，也只看意志如何而已。長短、大小、美惡的形貌，何必談論呢！

況且，徐偃王的形貌，眼睛只能看到像馬一樣大的東西；仲尼的形貌，臉孔像戴個假面具；周公的形貌，身軀像棵乾死的枯樹；皋陶的形貌，臉色像削了皮的瓜；閎夭的形貌，臉上（多鬚）看不見皮膚；傅說的形貌，身軀好像魚立起了脊翅；伊尹的形貌，臉上沒有鬍鬚和眉毛。夏禹跳著走路，商湯半身偏枯，帝堯和帝舜的眼睛都有三個瞳仁。相信相術的人，準備談論人的意志，來比較人的文才學識呢？還是僅僅比較人的高矮，分別人的美醜，而互相欺騙、傲慢呢？

古者，桀、紂長巨姣美❶，天下之傑也；筋力越勁❷，百人之敵也。然而身死國亡，為天下大僇❸，後世言惡，則必稽焉❹。是非容貌之患也，聞見之不眾❺，論議之卑爾！

今世俗之亂君❻，鄉曲之儇子❼，莫不美麗、姚冶，奇衣、婦飾❽，血氣、態度擬於女子❾；婦人❿莫不願得以為夫，處女莫不願得以為士⓫，棄其親家而欲奔之者，比肩並起⓬。然而中⓭君羞以為臣，中父羞以為子，中兄羞以為弟，中人羞以為友。俄則束乎有司而戮乎大市⓮，莫不呼天啼哭，苦傷其今而後悔其始⓯。是非容貌之患也，聞見之不眾，論議之卑爾！

然則從者將孰可也？

【注釋】

❶長巨姣美：高大英俊。

❷越勁：敏捷有力。

❸僇（音「路」）：通「戮」，恥辱。大僇：即大辱。

❹則必稽焉：一定以他們為借鑑。

❺聞見：所見所聞，這裡指知識。不眾：不多，淺陋。

❻ 亂君，一說疑當作「亂民」。

❼ 鄉曲：偏遠的地方。儇（音「宣」）子：輕薄巧慧的男子。

❽ 姚冶：妖冶，妖豔。奇衣：奇裝異服。婦飾：婦女的裝扮。

❾ 血氣：指臉色。擬於：好像。

❿ 婦人：已婚女子。

⓫ 處女：未婚女子。士：這裡指未婚夫。

⓬ 比肩：肩並肩。並起：同時出現。都是比喻很多。

⓭ 中：中等，普通的，一般的。

⓮ 俄：不久，這裡是有朝一日的意思。束乎有司：被司法機關逮捕。戮乎大市：在大街上被處死。

⓯ 此句是說：悲痛他現在的遭遇，後悔他起初的錯誤。

【語譯】

在古代，桀王和紂王都長得高大俊美，是天下的英傑；體力強壯，足以抵擋一百個人；然而，他們最後身軀死去了，國家滅亡了，成為天下的恥辱，後世凡是論到凶惡之人，都必定引為借鑑。這並非他們的容貌所帶來的災患，而是由於他們的見聞不廣，認識低下而已。

現在世俗的亂君，鄉野的輕薄子弟，沒有人不漂亮妖豔、奇裝異服、學作女人的裝扮，臉色態度模仿婦人；婦人沒有不希望得到他做丈夫的，少女沒有不願意得到他做情人的，拋棄自己的親人家庭而希望私奔他的，一個接著一個發生。然而，一般的君王都羞於把他當臣下，一般的父親都羞於認他做兒子，一般的兄長都羞於把他當弟弟，一般的人都羞於把他當朋友；不久之後，他們被官家綁了去，而在大街上處死，沒有不呼天喚地痛哭流涕的，傷痛他現在的遭遇，而後悔他起先的錯誤。這並非由於他們的形貌所招致的災患，而是由於他們的見聞不廣，認識低下而已。

既然如此，那麼相信相術的人，究竟以為誰是對的呢？

人有三不祥：幼而不肯事❶長，賤而不肯事貴，不肖而不肯事賢，是人之三不祥也。人有三必窮❷：為上則不能愛下，為下則好非其上，是人之一必窮也；鄉則不若❸，偝則謾之❹，是人之二必窮也；知❺行淺薄，曲直有以相縣矣❻，然而仁人不能推，知士不能明，是人之三必窮也。人有此三數行❼者，以為上則必危，為下則必滅。《詩》❽曰：「雨雪瀌瀌❾，宴然聿消❿。莫肯下隧⓫，式居屢驕⓬。」此之謂也。

人之所以為人者，何已也⓭？曰：以其有辨也。饑而欲食，寒而欲煖，勞而欲息，好利而惡害，是人之所生而有也，是無待而然者也⓮，是禹、桀之所同也。然則人之所以為人者，非特以二足而無毛也⓯，以其有辨也；今夫狌狌形笑亦二足而無毛也⓰，然而君子啜其羹，食其胾⓱。故人之所以為人者，非特以其二足而無毛也，以其有辨也。

【注釋】

❶事：侍奉。
❷窮：困窮，指碰壁之事。
❸鄉：通「向」，面對面。若：順。
❹偝：同「背」，背後，私下。謾：誣蔑，毀謗。
❺知：通「智」，認識。
❻曲直：能和不能，指才能上的差別。縣：同「懸」，差別大。
❼三數行：指「三不祥」、「三必窮」。一說，「三」是衍文。
❽詩：指《詩經》。下面引文見〈小雅．角弓篇〉，文字稍有不同。
❾雨雪：下雪。瀌（音「標」）瀌：雪下得大的樣子。
❿宴：通「曣」，日出。宴然：日光四射的樣子。聿：於是。
⓫隧：通「墜」。下隧：這裡指人的降位或引退。一說，謙下順從別人的意見。
⓬式：語助詞。居：同「倨」，傲慢。一說，指佔著高位。
⓭已：同「以」，原因。何已也：是什麼原因呢？
⓮是無待而然者也：這是不需學習而自然如此的。
⓯非特：不僅，不但。二足而無毛：兩隻腳而不長（羽）毛。這裡拿來說明人的特徵，以示與禽獸有別。

⑯ 狌狌：即猩猩。笑：從上下文義看，當作「狀」。「無」字原脫，俞樾據上下文義補。
⑰ 食其胾（音「自」）：吃猩猩的肉片。胾：切肉，大的肉塊。

【語譯】

人有三種不吉祥：年輕的不肯服事長輩，卑賤的不肯服事貴人，不肖的不肯服事賢者，這是人的三種不吉祥。人有三種必然窮困：在上位時不撫愛下屬，在下位時喜歡批評長官，這是人的第一種必然窮困；當著人面不肯順從，在背後又侮罵別人，這是人的第二種必然窮困；智慧行為淺薄卑陋，對是非的認識又和別人相差很遠，然而對仁愛之人不能推崇，對明智之士不能尊重，這是人的第三種必然窮困。人有這三幾種行為，如果讓他做君上，就必然危險，如果教他做臣下，就必然滅亡。《詩經》上說：「飄落雪花大又大，太陽出來就溶化；沒有人甘居下位，那樣高傲常自誇。」說的就是這種道理。

人之所以成為人的緣故，是因為什麼呢？回答說：因為他有辨別的能力。餓了就想吃東西，冷了就想取暖，累了就想休息，喜愛利益而憎惡危害，這都是人一生下來就具備的，這都是不必學習而自然如此的，這都是禹、桀相同無異的。那麼，人的所以成為人的緣故，並不僅僅是因為有了兩隻腳而沒有羽毛，而是由於他有辨別的能力；如今那猩猩也是有兩隻腳而沒有毛兒，可是君子卻喝用牠製成的羹湯，吃牠的肉塊。所以，人的所以成為人的緣故，並不僅僅是由於有兩隻腳而沒有羽毛，而是因為他有辨別的能力。

夫禽獸有父子而無父子之親，有牝牡❶而無男女之別。故人道莫不有辨❷。辨莫大於分❸，分莫大於禮❹，禮莫大於聖王❺。聖王有百，吾孰法焉？故曰：文❻久而息，節族❼久而絕，守法數之有司極禮而褫❽。故曰：欲觀聖王之跡❾，則於其粲然者矣，後王❿是也。彼後王者，天下之君也，舍後王而道上古，譬之是猶舍己之君而事人之君也。故曰：欲觀千歲，則數⓫今日；欲知億萬，則審一二；欲知上世，則審周道⓬；欲知周道，則審其人所貴君子⓭。故曰：以近知遠，以一知萬，以微知明。此之謂也。

夫妄人⓮曰：「古今異情，其以治亂者異道⓯。」而眾人惑焉。彼眾人者，愚而無說⓰，陋而無度者也⓱。其所見焉⓲，猶可欺也，而況於千世之傳⓳也！妄人者，門庭之間⓴，猶誣欺也㉑，而況於千世之上乎！

【注釋】

❶牝（音「聘」）：雌性的禽獸。牡（音「母」）：雄性的禽獸。

❷人道：作為人倫的根本道理。莫不有辨：無不有各種等級的區別。

❸分：名分等級。
❹禮：指禮法制度。
❺聖王：荀子理想中的君王。
❻文：指禮法。
❼節族：節奏，制度。「族」字疑衍。
❽極：久遠。「禮」字疑衍。褫（音「尺」）：廢弛，鬆弛。
❾跡：遺跡，這裡指治國的原則。
❿後王：近時或當代的君王。「後王」相對於「先王」來說。
⓫數：審，考察。
⓬周道：周朝的治國原則。一說，指完備的道理。
⓭所貴君子：所尊崇的後王。
⓮妄人：荒誕騙人的人。
⓯據《韓詩外傳》引文，「其」下當有「所」字。
⓰愚而無說：愚蠢而不能辯解。
⓱陋：〈修身篇〉：「少見曰陋。」度：測度，考慮。陋而無度：淺陋而不會考慮。
⓲其所見焉：他能夠親自看到的。
⓳傳：流傳，傳聞。劉師培以為「傳」當作「後」。
⓴門庭之間：指發生在眼前的事，日常生活裡。
㉑「猶」後原衍「可」字，據《韓詩外傳》引文刪。

【語譯】

那禽獸也有父子，可是卻沒有父子的情誼；有雌雄，可是卻沒有男女的禮教。所以，在人道上沒有不加以區別的。區別沒有比名分再大的，名分沒有比禮法再大的，禮法沒有比聖王再大的。聖王有百來個，我們究竟效法哪一位呢？所以說：禮法流傳得久了，就會消失；制度流傳得久了，就會斷絕；遵守禮法道術的官吏，到最後就會鬆弛。所以說：要想觀察聖王的遺規，就得觀察其中最顯著的部分，那便是後王的治國之道了。所謂後王，便是近世統治天下的君王。捨棄當代的君王而侈談上古的君王，這就如同捨棄本國的君王，而去事奉別國的君王一樣。所以說，要想觀察千年以前，就得考察現在；要想懂得億萬，就得明審一二；要想懂得上古之世，就得明審周代的道術；要想懂得周代的道術，就得明審周代的人民所最尊崇的君子。所以說：從近知道遠，從一知道萬，從隱微知道顯著。說的就是這種道理。

那荒誕的人這樣說：「古今的情形，各不相同；它們所以有安定和變亂，是由於道術不同，一般群眾是迷惑的。」那一般群眾，愚蠢而不能辯解，固陋而不會考慮，他們所親自見到的事物，還可以被人欺騙，何況是流傳千年的事情呢？那荒誕的人，對眼前的事情，還要誣賴欺負人，何況是千年之前的呢？

聖人何以不可欺❶？曰：聖人者，以己度者❷也。故以人度人，以情度情，以類度類，以說度功❸，以道觀盡，古今一也❹。類不悖，雖久同理，故鄉乎邪曲而不迷❺，觀乎雜物而不惑。以此度之，五帝之外無傳人❻，非無賢人也，久故也；五帝之中無傳政❼，非無善政也，久故也；禹、湯有傳政而不若周之察也❽，非無善政也，久故也。傳者久則論略，近則論詳。略則舉大❾，詳則舉小❿。愚者聞其略而不知其詳，聞其細⓫而不知其大也。是以文久而滅，節族久而絕。

【注釋】

❶聖人：荀子理想中具有完備的道德、才能的人。「可」字原脫，據《韓詩外傳》引文補。

❷以己度者：根據自己的經驗去揣度古今的事情。

❸說：言論。功：功業。

❹「一」下原衍「度」字，據《韓詩外傳》引文刪。

❺鄉：同「向」，面對。邪曲：邪僻，不正。

❻五帝：指傳說中的黃帝、顓頊、帝嚳、堯、舜。外：指以前。傳人：被後世傳誦的賢人。

❼五帝之中無傳政：後世沒有傳說五帝的政事。

❽禹、湯有傳政：關於禹、湯的政事，後世有傳述。不若周之察：不像周朝的政事那樣詳細明白。

❾ 舉：列舉。大：大概。

❿ 小：細節。

⓫ 細：小。原為「詳」，據上文「大」、「小」對文和《韓詩外傳》引文改。

【語譯】

聖人為什麼不可以欺騙呢？回答說：聖人是用自己的經驗來揣度古今的事情。所以用人來揣度人，用情來揣度情，用事類來揣度事類，用言論來揣度事功，用道術來觀察一切，古今都是一致的。事類不相乖悖，雖然時代相距久遠，道理是相同的，所以，面對邪曲的事物，而不迷失；看到雜亂的事物，而不疑惑。用這種道術來測度事物，五帝以前沒有被後世傳述的人，並不是說沒有賢人，而是由於年代久遠的緣故。五帝之時，沒有流傳下來的政令，並不是說沒有善良的政令，而是由於年代久遠的緣故。夏禹、商湯雖有流傳下來的政令，可是不如周代的政令那樣詳明，並不是沒有善良的政令，而是由於年代久遠的緣故。流傳下來的事物，年代久的就講得簡略，年代近的就講得詳細。簡略的，就列舉它的大概；詳細的，就列舉它的細節。愚笨的人聽到它簡略的部分，而不知道它詳細的部分；聽到它的細節，而不知道它的大概。所以，禮法流傳得久了，就會消失；制度流傳得久了，就會斷絕。

凡言不合先王，不順禮義，謂之姦言；雖辯❶，君子不聽。法先王，順禮義，黨❷學者，然而不好言❸，不樂言❹，則必非誠士❺也。故君子之於言也，志好之，行安之，樂言之。故君子必辯。

凡人莫不好言其所善，而君子為甚。故贈人以言，重於金石珠玉；觀❻人以言，美於黼黻文章❼；聽❽人以言，樂於鐘鼓琴瑟。故君子之於言無厭。鄙夫反是，好其實，不恤其文❾，是以終身不免埤汙、傭俗❿。故《易》⓫曰：「括囊，無咎無譽⓬。」腐儒⓭之謂也。

【注釋】

❶辯：講得很有條理。
❷黨：親近。一說，明曉的意思。
❸好言：喜歡談論。
❹樂言：樂於談論。
❺誠士：真誠追求真理的學者。
❻據文義和《藝文類聚》引文，「觀」應作「勸」；勸：規，勉。
❼黼黻文章：古代用來指鮮麗的花紋色彩。黑與白叫黼，黑與青叫黻，青與赤叫文，赤與白叫章。
❽聽：許，稱許。

❾ 不恤：不顧。此二句是說：只注重實際而不顧技巧。
❿ 埤汙：卑賤。傭：通「庸」。
⓫ 易：即《周易》，古代占卦的書。
⓬ 括：結紮，封閉。咎：過錯。
⓭ 腐儒：陳腐無用的儒生。

【語譯】

所有的言論，只要不符合先王，不順應禮義，就說它是姦邪的言論；即使說得很有條理，君子還是不聽的。要是效法先王，順應禮義，親近學者，然而還是不喜好言論，不樂於言論，那麼，仍然一定不是誠信之士。所以，君子對於言論，要內心喜好它，行動信守它，樂意討論它。所以君子一定要樂於辯論。

所有的人，沒有不喜歡談他所喜愛的東西，君子更是厲害。因此，用善良的言論贈給別人，就比金石珠玉還要貴重；用善良的言論勸勉別人，就比彩色花紋還要華美；用善良的言論稱許別人，就比鐘鼓琴瑟還要中聽。所以，君子對於言論，從不厭煩。鄙陋的人就和這個相反了，只喜好言論的樸實，而不顧及說話的華美；所以他一輩子脫離不了卑賤和庸俗。所以，《周易》：「把自己封閉在布袋子裡，既沒有過錯，也沒有榮譽。」這就是指腐朽無用的儒生而說的。

凡說❶之難：以至高遇至卑，以至治接至亂。未可直至也，遠舉則病繆❷，近舉則病傭❸。善者於是閒也❹，亦必遠舉而不繆，近舉而不傭；與時遷徙❺，與世偃仰❻。緩急、嬴絀❼，府然若渠匽、檃栝之於己也❽，曲❾得所謂焉，然而不折傷❿。故君子之度己則以繩⓫，接人則用抴⓬。度己以繩，故足以為天下法則矣。接人用抴，故能寬容，因求以成天下之大事矣。故君子賢而能容罷⓭，知而能容愚，博而能容淺，粹而能容雜⓮，夫是之謂兼術⓯。《詩》曰：「徐方既同，天子之功⓰。」此之謂也。

談說之術：矜莊以莅之⓱，端誠以處之，堅彊以持之，譬稱以喻之，分別以明之⓲，欣驩、芬薌以送之⓳，寶之，珍之，貴之，神之，如是則說常無不受。雖不說人⓴，人莫不貴，夫是之謂能貴其所貴。傳曰：「唯君子為能貴其所貴。」此之謂也。

【注釋】

❶說（音「稅」）：勸說。

❷ 繆：通「謬」。

❸「近舉」原為「近世」，據上下文義改。傭：通「庸」，庸俗，一般化。

❹ 善者：善於談論的人。閒：同「間」。

❺ 遷徙：變化，推移。

❻ 偃仰：俯仰，低高，有附和的意思。

❼ 嬴：通「贏」，盈餘。絀：通「黜」，減損。

❽ 府：同「俯」。府然：湊近物體的樣子。匽：通「堰」，壩，河堤。檃（音「引」）栝：矯正彎木的工具。

❾ 曲：委曲，詳盡。

❿ 不折傷：不損傷。

⓫ 繩：準繩，準則，指道德標準。

⓬ 接人：對待人。枻（音「及」）：同「楫」，船槳，也可以用來接引人上船，這裡是引導的意思。

⓭ 罷：同「疲」，指品德和才能不好的人。

⓮ 粹：純粹。粹而能容雜：君子道德純潔，但能夠容納品行不純的人。

⓯ 兼術：兼容並包的方法。

⓰ 徐方：古時國名，在今淮河流域中下游一帶。這兩句是說：徐族的人已經歸順了，這是天子的功勞。詩見《詩經．大雅．常武》。

⓱ 矜莊：嚴肅，莊重。莅：對待。之：代詞，指聽勸說的人。

⓲「譬稱以喻之，分別以明之」原為「分別以喻之，譬稱以明之」，據《韓詩外傳》等引文改。

⓳ 驩：同「歡」。薌：通「香」。芬薌：芬芳，引申為溫和、和氣。

⓴ 說：勸說，遊說。一說，說：同「悅」，喜歡，高興。

【語譯】

所有談說的困難在於：用最高深的來勸說最卑淺的，用最安定的來勸說最昏亂的。這是不易於直接對付的；要是舉的例證時代太遠了，就容易失之謬誤；要是舉的例證時代太近了，就容易失之庸俗。善於談說的人，對於這種情形，一定要做到舉遠古的事例，而不陷於謬誤；舉近代的事例，而不陷於庸俗。和時代相推移，和世俗相附和；說慢說快，說多說少，都不即不離的，就如同堤堰、正木器具對自己的約束一樣，宛轉地達到自己談說的目的，可是還要不傷害別人。所以，君子的匡正自己就要用直道，對待別人就要用誘導。匡正自己用直道，所以能夠成為天下人的模範；對待別人用誘導，所以能夠寬容群眾，因而得以完成統一天下的大業。所以，君子既然賢能而又能夠寬容懦弱的人，既明智而又能夠寬容愚笨的人，既博大而又能夠寬容淺薄的人，既純粹而又能夠寬容駁雜的人，這就叫做兼容的道術。《詩經》說：「徐國已經同化了，這是天子的功績。」說的就是這種道理。

談說的方法：嚴肅莊嚴對待他，正直誠摯安頓他，堅定盡力保持他，比喻說明啟發他，具體分析開導他，熱情和氣引導他，看重他，珍惜他，尊敬他，崇拜他；做到這樣，那你所談說的就沒有不被人所接受的了；雖然不去遊說人，別人仍然沒有不尊重你的。這就叫做能夠尊重自己所尊重的。古書說：「只有君子才能夠尊重自己所尊重的。」說的就是這個道理。

君子必辯。凡人莫不好言其所善，而君子為甚焉。是以小人辯言險❶，而君子辯言仁也❷。言而非仁之中也❸，則其言不若其默也，其辯不若其吶❹也；言而仁之中也，則好言者上矣，不好言者下也。故仁言大矣❺。起於上所以道❻於下，政❼令是也；起於下所以忠於上，諫救❽是也，故君子之行仁也無厭。志好之，行安之，樂言之，故（言）君子必辯。小辯❾不如見端❿，見端不如本分⓫。小辯而察，見端而明，本分而理。聖人、士君子之分具矣。

有小人之辯者，有士君子之辯者，有聖人之辯者。不先慮，不早謀，發之而當⓬，成文而類⓭，居錯遷徙⓮，應變不窮，是聖人之辯者也；先慮之，早謀之，斯須之言而足聽⓯，文而致實⓰，博而黨正⓱，是士君子之辯者也。聽其言則辭辯而無統⓲，用其身則多詐而無功⓳，上不足以順明王，下不足以和齊百姓；然而口舌之均⓴，噡唯則節㉑，足以為奇偉、偃卻之屬㉒；夫是之謂姦人之雄。聖王起，所以先誅也，然後盜賊次之㉓。盜賊得變㉔，此不得變也。

【注釋】

❶ 言險：宣揚邪惡。
❷ 君子辯言仁也：君子辯說的是「仁」。
❸ 中（音「眾」）：符合。言而非仁之中：說的話與「仁」不符合。
❹ 吶：同「訥」，說話遲鈍不流利。
❺ 仁言：仁道之言。大：意義重大。
❻ 道：同「導」。
❼ 「政」原為「正」，據楊倞注改。
❽ 諫救：諫止。原為「謀救」，據文義改。
❾ 小辯：辯說煩瑣的小事。
❿ 端：頭緒。見端：看出事情的頭緒。
⓫ 本分：推原名分的不同。「本」上原衍一「見」字，據上下文義刪。
⓬ 發之而當：說出來就很恰當。
⓭ 成文而類：辯說很有條理，分別不同類的事物很清楚。
⓮ 居：通「舉」。居錯：指動靜。遷徙：變動，變化。居錯遷徙：指情況隨時改變。
⓯ 斯須：須臾，片刻，一會兒。斯須之言而足聽：話說的不多，卻能使人明白。
⓰ 文而致實：辯說有條理，而且符合實際。
⓱ 黨：通「讜」，直言。博而黨正：知識淵博，說話乾脆而正確。
⓲ 辭辯而無統：誇誇其談而沒有要領。
⓳ 用其身：任用這樣的人。無功：做不出什麼成效。

⑳均：同「匀」，這裡指說話動聽。口舌之均：說起話來很動聽。
㉑噡：同「譫」，多言。唯：唯諾，少言。譫唯則節：言談或多或少很適當。
㉒奇偉：誇大，自以為了不得。偃卻：意即「偃蹇」，高傲。
㉓然後盜賊次之：鎮壓盜賊次之；鎮壓盜賊是第二步的事情。
㉔得變：能夠轉變。

【語譯】

君子一定要樂於辯論。一般的人，沒有不喜好談說自己所喜好的，君子尤其是這樣。所以，小人的辯論是談論險惡，而君子的辯論是談論仁道。所談說的，如果不合乎仁道，那麼他的談說不如不談說，他的辯論不如不辯論。所談說的，如果合乎仁道，那麼好談說的人就是高尚的，不好談說的人就是卑下的。所以仁道的言論是意義重大的。由君上來發起，用來引導臣下的，這就是政令；由臣下來發起，用以效忠君上，這就是諫諍。所以，君子的施行仁道，是不會厭倦的。內心裡喜好它，行為上遵照它做，樂於談說它。所以，君子要樂於辯說。辯說煩瑣的小事，不如注意事情的端緒；注意事情的端緒，不如推原意見的分歧。辯說小事，能做到慎重；注意頭緒，能做到精明；推原分歧，能做到合理；聖人、士君子的名分就具備了。

有小人的辯論，有士君子的辯論，有聖人的辯論。假使不預先考慮，不早作謀劃，而發出來就很恰當，具有文采而且有條理，無論是靜處行動、各種改變，都能夠應變無窮，這種便是聖人的辯論。假使預先考慮，早作謀劃，簡短的談論卻很中聽，既有文采而又切合實際，既淵博而又正直，這便是士君子的辯論。假使聽他的談論，只顯得誇辭爭辯而沒有系統；任用他這個人，卻多行奸詐而沒有成效，對上不足以順從明王，對下不足以協和百姓，然而口舌卻很便利動聽，言談話語多寡也能適當，足以表現出誇張、驕傲之類的神態，這就叫做姦人的魁首。聖王一出現，就要先誅罰這種人，然後盜賊才是其次要對付的。對盜賊都還可以改變他，這種人卻是無法改變的。

析論

〈非相〉是荀子批評相術和討論復古思想的一篇重要文章。從文章開頭到「然則從者將孰可也」為止，是批評相術的部分；從「人有三不祥」以下到文章結尾，是批評復古思想的部分。據清代盧文弨的說法，〈非相篇〉應該到第一部分「然則從者將孰可也」就結束了，以下的文章，所論已與相人無關。他並懷疑這是〈榮辱篇〉的錯簡。盧文弨的說法，可備一說，但我們這裡仍保持原書的樣子，略加析論。

在這篇文章中，荀子首先否定了相人之術，「古之人無有也，學者不道也」，這兩句重複出現的句子，加強了否定的語氣。他在批評之餘，特別指出「相形不如論心，論心不如擇術」。本來人的面貌和吉凶禍福就不應該有什麼必要的關聯，荀子以為吉凶禍福是由於人的思想和行為來決定的。「君子之謂吉，小人之謂凶」。君子只要心術善良，那麼即使形相醜惡，也常常能處於吉祥之中；反之，小人形相雖美，假使心術不正，也恐怕難免凶惡之災。

荀子為了證明他的論點，列舉了很多歷史、傳說中的人物形相，來加以說明。他先舉出形相醜惡的一些「君子」人物，像堯、舜、文王、周公等人，他們的身材高的高，矮的矮，像孔子「面如蒙倛」，像伊尹「面無須麋」，面相都不好看，可是他們仍然是人人敬而仰之的聖賢，「仁義功名著於後世」。可見形相雖然醜惡，並不妨礙其為君子。然後，荀子又舉出歷史傳說中一些形狀美好的奸邪小人，像夏桀、商紂等人，都長得英俊威武，然而就因為心術不正，最後仍然難免「身死國亡，為天下大僇」的命運。另外，他還就當時的「世俗之亂君，鄉曲之儇子」，如何奇裝異服，自擬婦女，表示慨歎。他在慨歎這些人「俄則束乎有司而戮乎大市」之餘，特別說明這些形相美好卻遭逢凶惡的人，所以身敗名裂的原因，主要是由於「聞見之不眾，論議之卑爾」。換句話說，知識的淺陋，論說的卑劣，是造成這些人思想行為所以遇到凶惡之災的主要原因。

以上是第一部分，說明荀子否定了相人之術。以下則就凶惡小人的知識淺陋，論說卑下，「聞見之不眾，論議之卑爾」，來說明荀子對復古思想的意見和「君子必辯」的主張。

荀子因為主張禮治，所以對於禮義制度非常重視。他在說明何謂「人有三不祥」和「人有三必窮」，以及「人道莫不有辨」的道理之後，接著就這樣說：「辨莫大於分，分莫大於禮，禮莫大於聖王。」所謂聖王，就是荀子理想中的君王。荀子理想中的聖王，與其他的儒者略有不同。在荀子以前，儒者大多主張「法先王」，像孔子說：「禮之用，和為貴，先王之道，斯為善，小大由之。」（見《論語．學而篇》）像孟子說：「為政不因先王之道，可謂智乎？」（見〈離婁篇上〉）一般儒者信奉孔孟之說，當然也標榜先王之道，唯古是尚了。荀子一方面繼承孔子以來「法先王」的思想，譬如說，他在〈勸學篇〉中也這樣說：「不聞先王之言，不知學問之大也。」但另一方面，他卻注意到「法先王」的迂闊和「法後王」的實用。譬如他在〈非十二子篇〉和〈儒效篇〉批評有些俗儒、腐儒「略法先王而不知其統」，「呼先王以欺愚者」，就是認為「法先王」的想法不切實際。因此，他在本篇中，有以下的話來說明他所以「法後王」的理由：

故曰：欲觀聖王之跡，則於其粲然者矣，後王是也。五帝之外無傳人，非無賢人也，久故也；五帝之中無傳政，非無善政也，久故也。禹、湯有傳政而不若周之察也，非無善政也，久故也。傳者久則論略，近則論詳。

「法後王」的「後王」，指的是近世及當代的君王。荀子認為時代越近，制度越詳明，越可取法，所以如此主張。以前儒者所標榜的堯舜文武之道，不是不好，而是年代太過久遠了，一切典章制度已經很難稽考，不易取況了，所以荀子站在實用的立場，認為不如「法後王」來得有用。

在荀子的觀念裡，這些「後王」、「聖王」，有什麼是值得效法的呢？他說是：「聖人者，以己度者也。」又說：「故君子之於言也，志好之，行安之，樂言之，故君子必辯。」要善於思考、辯說，才是人事上所應努力的目標。這個，就是荀子思想中的一個基本論點。

荀子在這篇文章中，首先否定了相術。那種只看表面形相的主張，荀子以為不足取，所以他說：「相形不如論心，論心不如擇術」。為了說明「論心」的重要，所以他說：「人之所以為人者」，「以其有辨也」；又為了說明「擇術」的重要，所以他說：「辨莫大於分，分莫大於禮，禮莫大於聖王。」聖王就是「後王」。在荀子的觀念裡，可能「法後王」只是手段，並不是終極的目的。但是他以為如果不先從「法後王」做起，終極的目的就無法達到。所以他才又說：「欲觀千歲，則數今日」、「以近知遠」等等的話。明乎此，我們也就可以了解荀子為什麼要主張「君子必辯」了。

天論

荀子

天行有常[1]：不為堯存，不為桀亡。應之以治則吉，應之以亂則凶[2]。彊本[3]而節用，則天不能貧；養備而動時[4]，則天不能病；脩道而不貳[5]，則天不能禍。故水旱不能使之飢渴[6]，寒暑不能使之疾，祆[7]怪不能使之凶。本荒而用侈[8]，則天不能使之富；養略而動罕[9]，則天不能使之全；倍[10]道而妄行，則天不能使之吉。故水旱未至而飢，寒暑未薄[11]而疾，祆怪未至而凶。受時[12]與治世同，而殃禍與治世異，不可以怨天，其道然也[13]。故明於天人之分[14]，則可謂至人[15]矣。

不為而成，不求而得，夫是之謂天職。如是者，雖深，其人不加慮焉；雖大，不加能焉；雖精，不加察焉；夫是之謂不與天爭職[16]。天有其時，地有其財，人有其治，夫是之謂能參[17]。舍其所以參[18]，而願其所參[19]，則惑矣！

列星隨旋，日月遞炤[20]，四時代御[21]，陰陽大化[22]，風雨博施[23]，萬物各得其和[24]以生，各得其養[25]以成，不見其事而見其功，夫是之謂神[26]。皆知其所以成，莫知其無形，夫是之謂天[27]。唯聖人為不求知天。

天職既立，天功既成，形具而神生[28]，好惡喜怒哀樂臧[29]焉，夫是之謂天情[30]。耳目鼻口形能各有接而不相能也[31]，夫是之謂天官[32]。心居中虛，以治五官，夫是之謂天君[33]。財非其類以養其類[34]，夫是之謂天養。順其類者謂之福，逆其類者謂之禍，夫是之謂天政[35]。暗其天君[36]，亂其天官[37]，棄其天養[38]，逆其天政[39]，背其天情[40]，以喪天功[41]，夫是之謂大凶。聖人清其天君，正其天官，備其天養，順其天政，養其天情，以全其[42]天功；如是，則知其所為，知其所不為矣[43]；則天地官而萬物役[44]矣。其行曲治[45]，其養曲適，其生不傷，夫是之謂知天[46]。

故大巧在所不為[47]，大智在所不慮。所志於天者，已其見象之可以期者矣[48]；所志於地者，已其見宜之可以息者矣[49]；所志於四時者，已其見數之可以事者矣[50]；所志於陰陽者，已其見知[51]之可以治者矣。官人守天[52]，而自為守道也。

【注釋】

❶ 天行有常：大自然的運行，有一定的規律。行，一作「道」。

❷ 應：適應。治、亂：這裡指人類合理或不合理的行動。此由《荀子．不苟篇》：「禮義之謂治，非禮義之謂亂。」可證。

❸ 彊本：加強農桑的生產。本：指農桑之事。

❹ 養備：養生的物品和方法很周備充足。動時：動作適合時宜。一說，時：時常。

❺ 脩：循，遵照。貳：疑為「忒」的錯字，差。

❻ 「渴」疑為衍字。

❼ 祅：同「妖」，這裡指自然界的災害。

❽ 本荒而用侈：農事荒廢而用度浪費。

❾ 養略：養生的物品不周備充足。動罕：不肯多勞動，有怠惰的意思。

❿ 倍：同「背」，違反。

⓫ 薄：迫近，侵犯。

⓬ 受時：遇到的天時。

⓭ 其道然也：他所選的方式，必然如此。

⓮ 分：本分，職分。

⓯ 至人：猶言聖人。羅根澤說：「至人疑當作聖人，草書形近致誤。」

⓰ 「如是者……」等四句：是說天道雖然深遠、廣大、精微，但聖人卻不費力去思考、鑽研、體察，只注意人事，不管天道，這便叫做不與大自然爭職能。羅根澤說：「其人也疑為聖人。聖字草書與其字草書因形近致誤。」

⓱ 「天有其時……」等四句：是說人能掌握天時，利用地利，而盡人事，便可說是與天地參，盡到與天時地利相配合的作用。

⓲ 舍：捨。所以參：指人為的努力。

⑲ 願：嚮往。所參：指天時、地財。願其所參：一味祈求天時地利。

⑳ 炤：同「照」。

㉑ 御：治，猶言盡職。

㉒ 陰陽大化：指寒暑變化萬物。

㉓ 風雨博施：說風雨的普及萬物。博：普遍。

㉔ 和：指陰陽的調和。

㉕ 養：指風雨的滋養。

㉖ 此二句是說：看不見陰陽調和、風雨滋養的形跡，只見萬物生長的結果。其間似乎有主宰存在，不可捉摸，因而叫它做「神」。

㉗ 其所以成：指萬物所以生成的道理。此三句是說：雖然我們能夠認識萬物所以生成的道理，但對於天之生滅萬物的形跡，卻無從理解，不像人工製造物品那樣有形象可見，這便叫做自然。有人以為「天」字下應有「功」字。

㉘ 形具而神生：人的形體具備了，意識隨之產生。形：形體；神：精神。

㉙ 臧：同「藏」。

㉚ 天情：猶言天性，指人受之於天的感情。

㉛ 此句是說：耳目鼻口形體各有其接觸感受外物的能力，卻不能互相替代。王念孫讀「形能」為「形態」，指人類的形體，即四肢百骸。

㉜ 天官：耳目鼻口形體等器官，都受之於自然，故稱「天官」。

㉝ 此三句是說：心居胸腔空虛之地，是控制五官的主宰，因此叫做「天君」。

㉞ 財：同「裁」，制裁，改造。非其類：和人類不同的東西，如動、植、礦物等人類生活所需的物資。其類：指人類。此句是說：改造它們來奉養人的口腹形體。

㉟ 此三句是說：順從人類生理的需要來奉養，便是福，違背人生生理的需要來奉養，便是禍，這就叫做天政。天政：自然的法則。

㊱ 暗其天君：把心攪得昏亂不清，是說思想受到蒙蔽。

㊲ 亂其天官：是說聲色等物質享受過度，因而自然官能受到損害。

㊳ 棄其天養：是說不能增加生產，節省用度，等於浪費了天然的物質。

㊴ 逆其天政：違背養生的自然法則。

㊵ 背其天情：是說好、惡、喜、怒、哀、樂等情感，沒有節制。

㊶ 以喪天功：是說若有以上情形，就會喪失自然生成的作用，而不能自然發展。

㊷ 「其」疑為衍文。

㊸ 其所為：指人的職分。其所不為：指天的職分。

㊹ 天地官而萬物役：是說天地各當其職，為人類服務，萬物也為我們人類所利用。官：任用。役：役使。

㊺ 曲：周偏的意思。曲治：各方面都妥當。

㊻ 夫是之謂知天：是說能夠如此，就是對人事能夠明白道理，而且充分利用，便叫做「知天」。

㊼ 不為：是說不和天爭職。

㊽ 志：即「誌」，識的古字，作「知」字講。已：即「記」，紀的古文。見象：呈現出來的徵象。期：這裡有預測、觀察之意。此二句是說：所知於天者，以其日月星辰的運行，都有一定的規則，觀察它可知節候、天時。

㊾ 宜：土宜，就是宜於生長哪種植物的土質。息：生長。此二句是說：所知於地者，在於認識土壤的性質，因地制宜，知道它適宜栽種哪種穀物。

㊿ 數：次序，指春耕、夏長、秋收、冬藏的必然規律。事：指順應節候而處理農事。此二句是說：人

們對於四季所要記得的，只是春耕、夏長、秋收、冬藏的必然規律，順應節候而處理農事。

51 知：據楊倞、王念孫說，此字當作「和」，指陰陽調和。

52 官人守天：任用專人來觀測天象，自己則盡人道。一說，官人：固執不通的人；守天：只知等待天的恩賜。

【語譯】

天道的運行，有一定的規律：不會因為有賢能的帝堯才存在，也不會因為有昏亂的夏桀就消失；以合理的行動去對待它，就能得到好處，以不合理的行動去對待它，就要遭受災禍。加強農業生產，而且節約用度，那麼天也不能使人貧困；養生之道完備，活動適時，那麼天也不能使人患病；行為遵循正道並且沒有差錯，那麼天也不能使人遭到禍害。因此水災旱災不能使人飢餓，寒冷暑熱不能使人患病，妖怪也不能使人遭難。農事荒廢，而且生活奢侈，那麼天也不能使人富裕；忽略保養身體，活動又少，那麼天也不能使人健康；行為違背正道，輕妄舉動，那麼天也不能使人獲得好處。所以即使水災旱災沒來也要挨餓，寒冷暑熱未到也要生病，妖怪不來也要遭到禍害。人們在變亂時代和在太平時代所遇到的天時，是一樣的，然而遭到的災禍卻和太平時代不一樣，這不可以埋怨天道，是人們行為犯了錯誤所自招的。所以能夠了解天和人各有各的本分，那就可以叫做「至人」了。

不用人力去做就會成功，不用人去追求就能獲得，這就是所謂天的職責。既然天的職責如此，那麼「至人」雖是思慮深遠，卻不替天多加思慮；雖然才能廣大，卻不替天多施才幹；雖然分析精細，卻不替天多作考察。像這樣的態度就叫做不與天爭職責。天有它四時的變化，地有它蘊藏的財富，人有他管理事物的辦法，這就叫做人能與天地相配合。如果人放棄了他用來和天地配合的本分，卻一味嚮往得到天時地利，那就是糊塗了。

眾星宿相隨著旋轉，日月輪替著照躍，春夏秋冬四時交替著運行，陰陽在大起變化，風雨在廣泛佈施，萬物都能各自得著需要的和諧之氣而生存，都能各自得到需要的滋養而成長，人們看不見它怎樣在進行工作，卻看見了它的成果，這樣子就叫做「神」。人們都知道它的成果，卻不知道它不露形跡的工作過程，這個就叫做「天」。只有聖人才不勉強要求懂得天。

天的職責既然確立了，天的功用既然完成了，人的形體軀幹具備了，精神也隨著產生了，於是愛、憎、喜、怒、哀、樂的感情就藏在這形體和精神之中了，這就叫做「天情」。耳、目、口、鼻和身軀各部分，各有接觸外物的作用，卻不能相互調換功能，這就叫做「天官」。心處在身體當中空隙的地方，藉以控制耳、目、口、鼻以及身軀各部分的器官，這就叫做「天君」。人類利用其他物類來養活自己的同類，這就叫做「天養」。順應著人類的需要，就說是幸福；違反了人類需要的，就說是災害，這就叫做「天政」。人們要是搞昏了他的天君，攪亂了他的天官，拋棄了他的天養，違反了他的天政，背棄了他的天情，因而喪了天功，這就叫做大大的不祥。聖人澄清他的天君，端正他的天官，具備他的天養，順從他的天政，涵養他的天情，來保全天功。像這樣子，就是知道什麼是應該做的、知道什麼是不應該做的了；就能使「天」和「地」各盡職責，而萬物也都為人服務了。人們的行為各方面都合理，養生的方法各方面都適宜，生命不會受到傷害，這樣就叫做「知天」。

所以，具有大巧的人有所不為，具有大智的人有所不慮。對於天的認識，只是記它所表現出來的現象中，可以預期的事罷了。對於地的認識，只是記它所表現出來的地質中，可以蕃殖的東西罷了。對於四時的認識，只是記它所表現出來的變化次序中，可以耕作的安排罷了。對於陰陽的認識，只是記它所表現出來的諧和情況中，可以治理國家的參考罷了。任用專業人才去觀測天象，而自己則盡力於人事上的道理。

治亂天邪？曰：「日月星辰瑞曆❶，是禹桀之所同也。禹以治，桀以亂，治亂非天也。」時邪？曰：「繁啟❷蕃長於春夏，畜積收藏於秋冬，是又禹桀之所同也。禹以治，桀以亂，治亂非時也。」地邪？曰：「得地則生，失地則死，是又禹桀之所同也。禹以治，桀以亂，治亂非地也。」《詩》❸曰：「天作高山，大王荒之；彼作矣，文王康之❹。」此之謂也。

天不為人之惡寒也輟冬，地不為人之惡遼遠也輟廣，君子不為小人之匈匈❺也輟行。天有常道矣，地有常數矣❻，君子有常體❼矣。君子道❽其常，而小人計其功。《詩》❾曰：「禮義之不愆，何恤人之言兮❿。」此之謂也。

楚王後車⓫千乘，非知⓬也；君子啜菽飲水，非愚也；是節然⓭也。若夫心意脩⓮，德行厚，知慮明，生於今而志乎古，則是其在我者也。故君子敬其在己者，而不慕其在天者；小人錯⓯其在己者，而慕其在天者。君子敬其在己者，而不慕其在天者，是以日進也；小人錯其在己者，而慕其在天者，是以日退也。故君子之所以日進，與小人之所以日退，一也⓰。君子小人之所以相縣⓱者在此耳！

【注釋】

❶ 瑞曆：曆象。「曆」指記載天文曆數的書；「象」指觀測天象的儀器，故神其器，所以加上「瑞」字。

❷ 繁啟：萌芽。繁，應作「毓」，說見龍宇純《讀荀卿子札記》。

❸ 詩：指《詩經》。

❹ 高山：指岐山。大王：即周太王，周文王的祖父。荒：開闢。康：安。此四句是說：岐山是上天創造的，等到太王從豳遷居到那裡才開闢了它。太王既完成了許多建設，而文王又能安定下來，好好保有它。此四句出自《詩經·周頌·天作》，作者引用來說明人為努力的重要。

❺匈匈：同「洶洶」，喧嘩的聲音。

❻此二句是說：天空日月星辰的運行，地的生長萬物，都有一定的規律。

❼常體：常態，指行為標準。

❽道：行，遵循。

❾詩：本指《詩經》，此為逸詩。

❿愆：差錯。此二句是說：假使沒有違背禮義，何必怕人批評。上句原脫，據俞樾之說校補。

⓫後車：隨從的車子。

⓬知：同「智」。

⓭節然：猶言適然，偶然，湊巧。

⓮王念孫以為「心意」當作「志意」。

⓯錯：置，放下，捨棄。

⓰一也：同也，是說道理一樣。

⓱縣：古「懸」字。懸隔，差距。

【語譯】

國家的治亂是由於天意的安排嗎？回答說：「日月星辰等等天的曆象，這些在禹、桀的時候都是相同的；可是禹使天下太平，桀使天下大亂，可見國家的治亂並不是天意。」那麼是由於春夏秋冬四時的變化嗎？回答說：「生物在春季蓬勃地萌芽，在夏季蕃茂地長大，到秋季收穫積聚，到冬季就收藏起來，這些在禹、桀的時候也都是相同的；可是禹使天下太平，桀使天下大亂。可見國家的治亂並不是由於四時的變化。」那麼是由於土地的關係嗎？回答說：「一切生物獲得適宜的土地就生長，失去適宜的土地就死亡，這些在禹、桀的時候也都是相同的；可是禹使天下太平，桀使天下大亂。可見國家的治亂不是由於土地的關係。」《詩經》上說：「上天創造了高山，太王把它開墾了；太王創立了基業，文王使它更安定了。」就是說明這個道理。

天不會因為人們的厭惡寒冷，就取消了冬季；地不會因為人們的厭惡遼遠，就縮小了面積；君子不會因為小人的亂哄亂嚷，就改變了行為。天有一定的規律，地有一定的法則，君子也有一定的行為標準。君子總是遵循著他的不變的常道，而小人卻總是計較著他一時的功利。《詩經》上說：「自己在禮義上沒有差錯，何必顧慮別人的批評呢？」就是說明這個道理。

楚王出門，後面跟著上千輛的車子，這不代表他有智慧；君子吃粗糧，喝開水，也不能說是他愚笨；這些都是由於某些偶然條件使他們這樣的。至於像意志的整飭，德行的深厚，智慮的通達，生在今天卻思慕著古代，那都是可以由我自己作主的事。所以君子只是認真做著可由自己作主的事，卻不去羨慕那屬於天道範圍的事；小人放棄可由自己作主的事，卻去羨慕那屬於天道範圍的事。正由於君子認真做著可由自己作主的事，不去羨慕那屬於天道範圍的事，所以天天進步；小人放棄可由自己作主的事，卻去羨慕那屬於天道範圍的事，所以天天退步。可見君子的所以天天進步和小人的所以天天退步，原因都是一樣的。君子和小人之間所以彼此相差很遠的原因，就在於此了。

星隊❶，木鳴，國人皆恐。曰：「是何也？」曰：「無何❷也，是天地之變，陰陽之化，物之罕至者也。怪之，可也，而畏之，非也。」夫日月之有蝕，風雨之不時❸，怪星之黨見❹，是無世而不常❺有之。上明而政平，則是雖竝世起❻，無傷也。上闇而政險❼，則是雖無一至者，無益也。夫星之隊，木之鳴，是天地之變，陰陽之化，物之罕至者❽也，怪之，可也，而畏之，非也。

物之已至者，人祅❾則可畏也。楛耕傷稼❿，耘耨失歲⓫，政險失民；田薉⓬稼惡，糴貴⓭民飢，道路有死人：夫是之謂人祅。政令不明，舉錯不時⓮，本事⓯不理：夫是之謂人祅。禮義不脩，內外無別，男女淫亂，父子相疑，上下乖離，寇難竝至：夫是之謂人祅。祅是生於亂，三者錯⓰，無安國。其說甚爾⓱，其菑⓲甚慘。勉力不時，則牛馬相生，六畜作祅⓳，可怪也，而不可畏也。傳曰：萬物之怪書⓴不說。無用之辯㉑，不急之察㉒，棄而不治。

若夫君臣之義，父子之親，夫婦之別，則日切瑳㉓而不舍也。

【注釋】

❶ 隊：「墜」的古字。

❷ 無何：沒有什麼。

❸ 不時：不按時序季節。

❹ 黨：古「儻」字，偶然。黨見：偶爾出現。

❺ 常：通「嘗」，曾。

❻ 是：指日月之蝕，風雨不時，怪星或見。竝：與「並」同。竝世起：是說上述各種現象同時發生。

❼ 闇：昏暗。上闇：君王昏庸。政險：政令酷虐。

❽ 物之罕至者：指現實事物不常見之於歷史及現代者。

❾ 人祆：人為的災禍。劉師培說：《韓詩外傳》「則」字作「最」，「也」字下有「曰：何謂人祆？」五字及「曰」字。此疑脫。

❿ 楛（音「苦」）：粗惡不精。楛耕傷稼：耕種草率，對莊稼將有損害。

⓫ 耘耨失歲：是說除草工作做得馬虎，便會影響一年的收成。耘：除草。歲：一年的穀物收成。

⓬ 薉：同「穢」，荒蕪。

⓭ 糴（音「敵」）：買穀。糴貴：物價昂貴。

⓮ 錯：擱置。不時：不合時宜。舉錯不時：說舉辦或擱置事情，都不合時宜。

⓯ 本事：指農桑的事情。

⑯三者錯：三者交錯而至。

⑰爾：同「邇」，近。其說甚爾：是說三種人祆之說，較星墜木鳴等事淺近，易於了解。

⑱菑：古「災」字。

⑲勉力：役使人力。六畜：指豬、牛、馬、羊、狗、雞。王念孫以為「勉力不時……」等三句疑在「禮義不脩」句上，「而不可畏也」之「不」應作「亦」。

⑳書：指六經。

㉑無用之辯：指不切實際的詭辯。

㉒不急之察：對實際生活不急需的考察。

㉓瑳：「磋」的古字。

【語譯】

星掉下來，樹發出叫聲，國人都很恐懼。有人問道：「這是怎麼一回事呀？」回答說：「這沒有什麼，只是由於天地的變化，陰陽的顛倒，事物發生了少見的現象。對於這些現象，覺得奇怪是可以的，覺得恐懼那就不對了。」原來日月的發生虧蝕，風雨的不合季節，怪星的偶而出現，這些都是各個時代曾有的現象。要是君主英明，而且政治清平，那麼即使這些奇怪現象在同一個時代同時出現，也沒有什麼害處。要是君主昏庸，而且政治險惡，那麼雖然奇怪現象沒有一樣出現，也沒有什麼好處。所以星掉下來，樹發出叫聲，不過是天地的變化，陰陽的顛倒，事物發生了少見的現象。覺得它奇怪是可以的，對它畏懼那就不對了。

已經發生的事物現象之中，人妖才是最可怕的。粗率的耕作傷害了莊稼，不及時鋤草使田地荒蕪，政治混亂失去民心；田地荒蕪則收成不好，糧價很貴令人民飢餓，道路上有餓死的人，這就叫做人妖。政治法令不清明，各種措施不合時宜，農業生產不受重視，這就叫做人妖。禮義不修明，內外不分界限，男女淫亂，父子之間互相猜疑，君臣上下不諧調，外寇內亂同時發生，這就叫做人妖。一切妖孽都是由人事混亂而產生的。如果上面所說的三種人妖交錯存在，那麼國家就不會安定。這些現象說起來雖然都近而易見，可是那災禍卻是十分慘重的。人們如果不適時盡力勞作，那麼牛會生馬，馬會生牛，六畜也會發生妖異的現象。這些是可怪的，卻不可怕的。古書上說：「萬物的奇怪現象，經書上是不說明的。」不切實用的辯論，不是急需的考察，應當棄置不理。至於像君臣之間的道義，父子之間的親情，夫婦之間的界限，那是應該經常研討而不可放棄的。

雩而雨，何也？曰：「無何也，猶不雩❶而雨也。日月食❷而救之，天旱而雩，卜筮然後決大事，非以為得求也，以文❸之也。故君子以為文，而百姓以為神。以為文則吉，以為神則凶也。」

【注釋】

❶ 雩（音「魚」）：古代求雨的祭祀。

❷ 食：同「蝕」。指日蝕月蝕。

❸ 文：粉飾。之：指政事。

【語譯】

求了雨，就下雨了，這是什麼緣故呢？回答說：「沒有什麼緣故，這與不求雨而下雨是一樣的。日月虧蝕了就去搶救，天旱了就去求雨，通過卜、筮，然後才決定大事，這種種舉動，並不是以為真會求得什麼東西，不過是順應人情文飾政治而已。所以，君子認為這是文飾，而百姓卻認為當真有神明。把這些看作文飾就好，要是認為當真有神明，那就有害了。」

在天者莫明於日月，在地者莫明於水火，在物者莫明於珠玉，在人者莫明於禮義。故日月不高，則光暉不赫❶；水火不積，則暉潤不博；珠玉不睹乎外，則王公不以為寶❷；禮義不加於國家，則功名不白❸。故人之命在天，國之命在禮。君人者，隆禮尊賢而王，重法愛民而霸，好利多詐而危，權謀傾覆幽險而盡亡矣。

大天而思之❹，孰與物畜❺而制之？從天而頌之，孰與制天命而用之？望時而待之，孰與應時而使之？因物而多之，孰與騁能而化之？思物而物之，孰與理物而勿失之也？願於物之所以生，孰與有物之所以成❻？故錯人而思天，則失萬物之情❼。

【注釋】

❶赫：明顯，強烈。

❷睹：應作「睹」（音「篤」），明。此二句是說：珠玉的光采倘若不顯露在外面，則王公也不拿它當寶物看待。

❸白：顯露，顯耀。

❹大：推崇。思：慕。

❺物畜：把天當作物質看待。

❻願：希望。有：借為「右」，助。此二句是說：希望天多生些有用的物，何如運用智慧幫助物的成長。

❼此二句是說：所以放下人為的努力而望天賜，便違反了萬物之理。

【語譯】

在天上，沒有比日月更明亮的；在地上，沒有比水火更明亮的；在萬物中，沒有比珠玉更明亮的；在人群中，沒有比禮義更明亮的。因此日月要是不高，它們的光輝就不會明顯；水火要是積聚不多，它們的光輝潤澤就不會廣博；珠玉要是不放射光彩到外面，王公就不會把它看作寶物；禮義要是不在全國內貫徹執行，執政者的功業和名譽就不會顯著。因此，人的命運好壞在於天，而國家命運的好壞在於禮。統治人民的君主，要是重視禮義，尊崇賢人，就可以稱王；要是重視法令，愛護人民，就可以稱霸；要是貪圖私利，多用欺詐，就會很危險；要是使用權謀、傾覆、陰險的手段，那就一定要滅亡了。

把天看得非常偉大而仰慕它，何如把天當作一種物質來畜養控制它？順從天而頌揚它，何如控制天的規律來利用它？盼望天時而坐待恩賜，何如因時制宜而充分使用它？因物類原有的基礎而求其自然增多，何如運用人的智能來使物類發生質的變化？空想役使萬物而據為己有，何如把萬物加以調理，使它們不失掉自己的作用？指望物類的自然發生，何如掌握物類生長的規律，使它能由人力來培養成長？因此，要是放棄了人的力量而指望天道，那就是違背了萬物發展的真實情況。

百王❶之無變，足以為道貫❷。一廢一起，應之以貫，理貫不亂。不知貫，不知應變。貫之大體未嘗亡也。亂生其差，治盡其詳❸。故道之所善：中則可從，畸則不可為，匿則大惑❹。水行者表深，表不明則陷。治民者表道，表不明則亂。禮者，表也；非禮，昏世也；昏世，大亂也。故道無不明，外內異表，隱顯有常，民陷乃去。

【注釋】

❶百王：指歷代帝王。

❷道貫：一貫的原則。下文的「貫」，即指此而言。

❸此二句是說：社會的混亂或安定，是由於運用一貫的原則發生偏差或周詳。

❹中：合。畸（音「基」）：偏。匿：通「慝」（音「特」），差錯。

【語譯】

百代帝王沒有變更的事物，就可以拿來作為一貫通行的道理。一代的衰敗，一代的興起，都可以拿這個一貫通行的道理來應付。道理一以貫之，一點也不紛亂。如果不知道這一貫的道理，就不知道怎樣來應付這些變化。這一貫的道理的根本原則，是從來不曾消失的。

國家之所以亂，是因為運用這道理有差錯；國家之所以太平，是因把這道理運用得很周詳。因此，道理中認為好的，你的思想行動恰恰和它相合，就可以照著做；偏了就不可施行；違背了就會造成迷惑混亂。涉水過河的人，需要有深度的標誌，如果標誌不明顯，就會陷溺水裡去。治理人民的君王，也要標誌道理，要是標誌不明顯，那麼天下就會混亂。禮，就是標誌；違反了禮，就成了黑暗時代；黑暗時代，就是大亂了。所以道理在任何地方無不交代明白，行為和內心有不同的標準，看得見或看不見的地方都有一定的常規，人民陷溺的憂患就可以免除了。

萬物為道一偏❶，一物為萬物一偏，愚者為一物一偏，而自以為知道，無知❷也。慎子❸有見於後，無見於先。老子有見於詘，無見於信❹。墨子有見於齊，無見於畸❺。宋子有見於少，無見於多❻。有後而無先，則群眾無門❼。有詘而無信，則貴賤不分。有齊而無畸，則政令不施。有少而無多，則群眾不化❽。《書》❾曰：「無有作好，遵王之道。無有作惡，遵王之路。」❿此之謂也。

【注釋】

❶偏：一部分，一方面。
❷知：同「智」。
❸慎子：即慎到（約西元前三九五～三一五年），戰國中期法家。注重「法」、「勢」，否定「尚賢使能」。
❹詘：同「屈」，委曲，柔順。信：同「伸」，振作剛強。
❺畸：不齊。
❻宋子：即宋鈃（宋榮子，宋牼），戰國時宋國人。少：指欲望少。多：指欲望多。
❼無門：不分，無別。
❽不化：不受教化。
❾書：指《尚書》。
❿此四句見《尚書．洪範篇》。

【語譯】

萬物只是「道」的一個片面，一物又是萬物中的一個片面，愚人是一物中的一個片面，可是他卻自以為已經認識了「道」，這真是沒有知識呢。慎子只見到「後面」的好處，卻沒有見到「前面」的好處。老子只見到「屈順」的好處，卻沒有見到「剛強」的好處。墨子只見到「齊同」的好處，卻沒有見到「參差」的好處。宋子只見到情欲「少」的好處，卻沒有見到情欲「多」的好處。只見後面而不見前面，那麼群眾就沒有差別了；只見屈順的一面而不見剛強的一面，那麼貴和賤就分辨不清了；只見齊同的一面而不見參差的一面，那麼國家的政令就無法施行了；只見少的一面而不見多的一面，那麼群眾就不受教化了。《書經》上說：「不要以個人的愛好為愛好，要遵循先王的大道。不要以個人的厭惡為厭惡，要遵循先王的大路。」說的就是這個道理。

析論

荀子是戰國末期一個著名的儒者，〈天論〉是他一篇重要的論文。

荀子在〈天論〉這篇論文裡，討論了天和人的關係。他的中心思想是「天行有常」，他的主要觀點是「明於天人之分」。他認為天是沒有意志的，自有它的運行規律，卻與社會的隆污、國家的興亡無關。社會的隆污，國家的興亡，並不是自然界的天來決定的，而是人類自己造成的。因此，荀子對於人事上的努力，諸如增加農業生產、節約用度、講求禮義法制等等，都非常重視。這些跟他以前的思想家是不同的。

在荀子以前，像孔子說：「知我者，其天乎！」、「君子有三畏……畏天命」，像孟子說：「盡其心者，知其性也；知其性者，則知天矣」，像老子說：「天法道，道法自然」，像墨子說：「天能賞善罰惡」，要不是存著「死生有命，富貴在天」的宿命思想，就是對天命存著不可測度的玄想。荀子對於這些想法，都不採取。他以為天道與人事是不同的，自然界的怪異現象和人事上的治亂興亡，並沒有絕對的關係。日月星辰的進行、四季的變化以及萬物的成長，都沒有什麼造物主在主宰著。因此，人類只要了解自然界運行的規律，就可以「制天命而用之」，就可以控制天地，支配萬物，這就是荀子人定勝天的思想。

荀子〈天論〉這篇文章，旨在說明天道和人事的關係，所以文章一開頭，就先提出他對天道的看法。他說：「天行有常：不為堯存，不為桀亡。」天道的運行有其一定的規律，不會因堯而存在，也不會為桀而消失。這是他的基本主張。然後他才逐步分析這個一定規律是什麼，天和人有沒有關係，以及人對天應該抱持怎樣的態度。

全文可以分為七大段。

第一大段，自「天行有常」到「官人守天，而自為守道也」，重在說明天道只是一種自然現象，一種客觀的存在，並沒有神在主宰著，而且和人事也沒有關係。因此，人類不應依賴自然，迷信天命。荀子在文中先說明了什麼是「天職」、「天功」，什麼叫「天君」、「天官」、「天養」、「天政」、「天情」，然後分別從正反兩面來說明依賴自然和利用自然的不同。最後，他很明確地說：「官人守天，而自為守道也。」觀測天道是專人之事，一般人所要努力的，應該仍然在於人事。

第二大段，自「治亂天邪」到「君子小人之所以相縣者在此耳」，重在說明政治的治亂、國家的興亡，完全由於人為，而非天命。文章仍然分為君子和小人兩方面，對舉著來說明道理。君子是「道其常」，小人是「計其功」；君子是「敬其在己者，而不慕其在天者」，小人是「錯其在己者，而慕其在天者」。

第三大段，自「星隊木鳴」到「則日切瑳而不舍也」，說明自然界的怪異現象與政治上的治亂無關。因此，人對「星隊木鳴」這些自然災異，感覺奇怪是無妨的，感到害怕則大可不必。人所要擔心的，是人事上的怪異現象，就是所謂「人祆」。荀子說人事上的怪異現象有三種，指的是政險失民、本事不理、禮義不修這些人為上的疏失。

第四大段，自「雩而雨」到「以為神則凶也」，說明古人求雨、卜筮的舉動，只是為了文飾政治，以神道說教，並非真的有求於天。

第五大段，自「在天者莫明於日月」到「則失萬物之情」，總結上文，說明治國須以禮義為本，與其尊崇大自然，不如改造大自然。

歷來有不少學者，都認為荀子的〈天論〉，應該到此為止，以下兩段文字，似與天道之論無關，懷疑是其他篇章所竄入的。這種說法，固然也有道理，但一則沒有明確的證據，二則以下兩段文字，強調禮為人治之本，指斥諸子之偏執一端，和本文所論，也不能說沒有關係，所以，我們這裡仍予保留。

第六大段，自「百王之無變」到「民陷乃去」，說明在人事上，也有一貫之道。這一貫之道，就是「禮」。禮是治國的標準，「亂生其差，治盡其詳」，「中則可從，畸則不可為，匿則大惑」。荀子一向主張「重法」、「隆禮」，禮在荀子看來，正是治國之本。

第七大段，自「萬物為道一偏」到「此之謂也」，說明慎到、老子、墨子、宋鈃等人，各持道之一偏，不知道貫之大體。荀子批評慎到「有後而無先」，在〈非十二子篇〉中說是「尚法而無法」，在〈解蔽篇〉中說是「蔽於法而不知賢」，這和莊子〈天下篇〉論慎到所說的「推而後行，曳而後往」、「若無知之物」，是可以合看的。荀子批評老子「有詘而無信」，主要是因為老子主張以屈為伸，以柔克剛，這種清靜無為的思想，只是消極的順應自然，而不能積極的控制自然，對於社會國家沒有實際的好處。荀子批評墨子「有齊而無畸」，主要是因為墨子主張尚同兼愛，沒有差別等級之分，如此何能建立禮治的社會秩序？用國父孫中山的話來說，墨子主張齊頭的假平等，而不是立足點的真平等。荀子批評宋鈃「有少而無多」，這和〈正論篇〉說宋子以為「人之情欲寡，而皆以己之情為欲多，是過也」，以及莊子〈天下篇〉說宋子以為「五升之飯足矣」，這些也都是可以合看的。主要都在說明：這些思想家各有所偏，不知禮為人道之極致。

這篇文章，雖然用了不少對偶的句子，可是所用的語言文字，是素淨簡樸的，層次分明，條理清楚，可以說是一篇富有邏輯的說明文，不止在內容思想上有其過人之處而已。

【附錄】

經典常談論諸子

朱自清

春秋末年，封建制度開始崩壞，貴族的統治權漸漸維持不住。社會上的階級，有了紊亂的現象。到了戰國，更看見農奴解放，商人抬頭。這時候一切政治的、社會的、經濟的制度，都起了根本的變化。大家平等自由，形成了一個大解放的時代。在這個大變動當中，一些才智之士，對於當前的情勢，有種種的看法，有種種的主張；他們都想收拾那動亂的局面，讓它穩定下來。有些傾向於守舊的，便起來擁護舊文化、舊制度，向當世的君主和一般人申述他們擁護的理由，給舊文化、舊制度找出理論上的根據。也有些人起來批評或反對舊文化、舊制度；又有些人要修正那些。還有人要建立新文化、新制度來代替舊的；還有人壓根兒反對一切文化和制度。這些人也都根據他們自己的見解各說各的，都「持之有故，言之成理」。這便是諸子之學，大部分可以稱為哲學。這是一個思想解放的時代，也是一個思想發達的時代，在中國學術史裡是稀有的。

諸子都出於職業的「士」。「士」本是封建制度裡貴族的末一級；但到了春秋、戰國之際，「士」成了有才能的人的通稱。在貴族政治未崩壞的時候，所有的知識、禮、樂等等，都在貴族手裡，平民是沒分的。那時有知識技能的專家，都由貴族專養專用，都是在官的。到了貴族政治崩壞以後，貴族有的失了勢，窮了，養不起自用的專家。這些專家失了業，流落到民間，便賣他們的知識技能為生。凡有權有錢的都可以臨時雇用他們；他們起初還是伺候貴族的時候多，不過不限於一家貴族罷了。這樣發展了一些自由職業；靠這些自由職業為生的，漸漸形成了一個特殊階級，便是「士農工商」的「士」。這些「士」，這些專家，後來居然開門授徒起來。徒弟多了，聲勢就大了，地位也高了。他們除掉執行自己的職業之外，不免根據他們專門的知識技能，研究起當時的文化和制度來了。這就有了種種看法和主張。各「思以其道易天下」❶。諸子百家便是這樣興起的。

第一個開門授徒發揚光大那非農非工非商非官的「士」的階級的，是孔子。孔子名丘，他家原是宋國的貴族，貧寒失勢，才流落到魯國去。他自己做了一個儒士；儒士是以教書和相禮為職業的，他卻只是一個「老教書匠」。他的教書有一個特別的地方，就是「有教無類」❷。他大招學生，不問身家，只要繳相當的學費就收；收來的學生，一律教他們讀《詩》、《書》等名貴的古籍，並教他們禮樂等功課。這些從前是只有貴族才能夠享受的，孔子是第一個將學術民眾化的人。他又帶著學生，周遊列國，遊說當世的君主；這也是從前沒有的。他一個人開了講學和遊說的風氣，是「士」階級的老祖宗。他是舊文化、舊制度的辯護人，以這種姿態創始了所謂儒家。所謂舊文化、舊制度，主要的是西周的文化和制度，孔子相信是文王、周公創造的。繼續文王、周公的事業，便是他給自己的使命。他自己說：「述而不作，信而好古」[3]；所述的，所信、所好的，都是周代的文化和制度。《詩》、《書》、《禮》、《樂》等是周文化的代表，所以他拿來作學生的必修科目。這些原是共同的遺產，但後來各家都講自己的新學說，不講這些；講這些的始終只有「述而不作」的儒家。因此《詩》、《書》、《禮》、《樂》等便成為儒家的專有品了。

孔子是個博學多能的人，他的講學是多方面的。他講學的目的在於養成「人」，養成為國家服務的人，並不在於養成某一家的學者。他教學生讀各種書，學各種功課之外，更注重人格的修養。他說為人要有真性情，要有同情心，能夠推己及人，這所謂「直」、「仁」、「忠」、「恕」；一面還得合乎禮，就是遵守社會的規範。凡是只問該做不該做，不必問有用無用；只重義，不計利。這樣人才配去幹政治，為國家服務。孔子的政治學說，是「正名主義」。他想著當時制度的崩壞，階級的紊亂，都是名不正的緣故。君沒有君道，臣沒有臣道，父沒有父道，子沒有子道，實和名不能符合起來，天下自然亂了。救時之道，便是「君君，臣臣，父父，子子」[4]；正名定分，社會的秩序、封建的階級便會恢復的。他是給封建制度找了一個理論的根據。這個正名主義，又是從《春秋》和古史官的種種書法歸納得來的。他所謂「述而不作」，其實是以述為作，就是理論化舊文化、舊制度，要將那些維持下去。他對於中國文化的貢獻，便在這裡。

孔子以後，儒家還出了兩位大師，孟子和荀子。孟子名軻，鄒人；荀子名況，趙人。這兩位大師代表儒家的兩派。他們也都擁護周代的文化和制度，但更進一步的加以理論化和理想化。孟子說人性是善的。人都有側隱心、羞惡心、辭讓心、是非心；這便是仁、義、禮、智等善端，只要能夠加以擴充，便成善人。這些善端，又總稱為「不忍人之心」。聖王本於「不忍人之心」，發為「不忍人之政」[5]，便是「仁政」、「王政」。一切政治的、經濟的制度都是為民設的，君也是為民設的——這卻已經不是封建制度的精神了。和王政相對的是霸政。霸主的種種制作設施，有時也似乎為民，其實不過是達到好名、好利、好尊榮的手段罷了。荀子說人性是惡的。性是生之本然，裡面不但沒有善端，還有爭奪放縱等惡端。但是人有相當聰明才力，可以漸漸改善學好；積久了，習慣自然，再加上專一的工夫，可以到聖人的地步。所以善是人為的。孟子反對功利，他卻注重它。他論王霸的分別，也從功利著眼。孟子注重聖王的道德，他卻注重聖王的威權。他說生民之初，縱欲相爭，亂得一團糟；聖王建立社會國家，是為明分、息爭的。禮是社會的秩序和規範，作用便在明分；樂是調和情感的，作用便在息爭。他這樣從功利主義出發，給一切文化和制度找到了理論的根據。

儒士多半是上層社會的失業流民；儒家所擁護的制度，所講、所行的道德，也是上層社會所講、所行的。還有原業農工的下層失業流民，卻多半成為武士。武士是以幫人打仗為職業的專家。墨翟便出於武士。墨家的創始者墨翟，魯國人，後來做到宋國的大夫，但出身大概是很微賤的。「墨」原是做苦工的犯人的意思，大概是個渾名；「翟」是名字。墨家本是賤者，也就不辭用那個渾名自稱他們的學派。墨家是有團體組織的，他們的首領叫做「鉅子」；墨子大約就是第一任「鉅子」。他們不但是打仗的專家，並且是製造戰爭器械的專家。

但墨家和別的武士不同，他們是有主義的。他們雖以幫人打仗為生，卻反對侵略的打仗；他們只幫被侵略的弱小國家做防衛的工作。《墨子》裡只講守的器械和方法，攻的方面，特意不講。這是他們的「非攻」主義。他們說天下大害，在於人的互爭；天下人都該視人如己，互相幫助，不但利他，而且利己。這是「兼愛」主義。墨家注重功利，凡與國家人民有利的事物，才認為有價值。國家人民，利在富庶；凡能使人民富庶的事物是有用的，別的都是無益或有害。他們是平民的代言人，所以反對貴族的周代的文化和制度。他們主張「節葬」、「短喪」、「節用」、「非樂」，都和儒家相反。他們說他們是以節儉勤苦的夏禹為法的。他們又相信有上帝和鬼神，能夠賞善罰惡；這也是下層社會的舊信仰。儒家和墨家其實都是守舊的，不過一個守原來上層社會的舊，一個守原來下層社會的舊罷了。

壓根兒反對一切文化和制度的是道家。道家出於隱士。孔子一生曾遇到好些「避世」之士；他們著實譏評孔子。這些人都是有知識學問的。他們看見時世太亂，難以挽救，便消極起來，對於世事，取一種不聞不問的態度。他們譏評孔子「知其不可而為之」❻，費力不討好；他們自己便是知其不可而不為的、獨善其身的聰明人。後來有個楊朱，也是這一流人，他卻將這種態度理論化了，建立「為我」的學說。他主張「全生保真，不以物累形」❼；將天下給他，換他小腿上一根汗毛，他是不幹的。天下雖大，是外物；一根毛雖小，卻是自己的一部分。所謂「真」，便是自然。楊朱所說的只是教人因生命的自然，不加傷害；「避世」便是

「全生保真」的路。不過世事變化無窮，避世未必就能避害，楊朱的教義到這裡卻窮了。老子、莊子的學說似乎便是從這裡出發，加以擴充的。楊朱實在是道家的先鋒。

老子相傳姓李名耳，楚國隱士。楚人是南方新興的民族，受周文化的影響很少，他們往往有極新的思想。孔子遇到那些隱士，也都在楚國，這似乎不是偶然的。莊子名周，宋國人，他的思想卻接近楚人。老學以為宇宙間事物的變化，都遵循一定的公律，在天然界如此，在人事界也如此。這叫做「常」。順應這些公律，便不須避害，自然能避害。所以說，「知常曰明」❽。事物變化的最大公律是物極則反。處世接物，最好先從反面下手。「將欲翕之，必固張之；將欲弱之，必固強之；將欲廢之，必固興之；將欲奪之，必固與之。」❾「大直若屈，大巧若拙，大辯若訥。」❿這樣以退為進，便不至於有什麼衝突了。因為物極則反，所以社會上、政治上種種制度，推行起來，結果往往和原來目的相反。「法令滋彰，盜賊多有。」⓫治天下本求有所作為，但這是費力不討好的，不如排除一切制度，順應自然，無為而為，不治而治。那就無不為、無不治了。自然就是「道」，就是天地萬物所以生的總原理。物得道而生，是道的具體表現。一物所以生的原理叫做「德」，「德」是「得」的意思。所以宇宙萬物都是自然的。這是老學的根本思想，也是莊學的根本思想。但莊學比老學更進一步。他們主強絕對的自由、絕對的平等。天地萬物，無時不在變化之中，不齊是自然的。一切但須順其自然，所有的分別，所有的標準，都是不必要的。社會上、政治上的制度，硬教不齊的齊起來，只徒然傷害人性罷了。所以聖人是要不得的；儒、墨是「不知恥」的⓬。按莊學說，凡天下之物都無不好，凡天下的意見，都無不對；無所謂物我，無所謂是非。甚至死和生也都是自然的變化，都是可喜的。明白這些個，便能與自然打成一片，成為「無入而不自得」的至人了。老、莊兩派，漢代總稱為道家。

莊學排除是非，是當時「辯者」的影響。「辯者」漢代稱為名家，出於訟師。辯者的一個首領鄭國鄧析，便是春秋末年著名的訟師。另一個首領梁相惠施，也是法律行家。鄧析的本事在對於法令能夠咬文嚼字的取巧，「以是為非，以非為是。」⓭語言文字往往是多義的；他能夠分析語言文字的意義，利用來做種種不同甚至相反的解釋。這樣發展了辯者的學說。當時的辯者有惠施和公孫龍兩派。惠施派說，世間各個體的物，各有許多性質；但這些性質，都因比較而顯，所以不是絕對的。各物都有相同之處，也都有相異之處。從同的一方面看，可以說萬物無不相同；從異的一方面看，可以說萬物無不相異。同異都是相對的，這叫做「合同異」⓮。

公孫龍，趙人。他這一派不重個體而重根本，他說概念有獨立分離的存在。譬如一塊堅而白的石頭，看的時候只見白，沒有堅；摸的時候只覺堅，不見白。所以白性與堅性兩者是分離的。況且天下白的東西很多，堅的東西也很多，有白而不堅的，也有堅而不白的。也可見白性與堅性是分離的，白性使物白，堅性使物堅；這些雖然必須因具體的物而見，但實在有著獨立的存在，不過是潛存罷了。這叫做「離堅白」⓯。這種討論與一般人感覺和常識相反，所以當時以為「怪說」、「琦辭」，「辯而無用」⓰。但這種純理論的興趣，在哲學上是有它的價值的。至於辯者對於社會、政治的主張，卻近於墨家。

儒、墨、道各家有一個共通的態度，就是託古立言；他們都假託古聖賢之言以自重。孔子託於文王、周公；墨子託於禹；孟子託於堯、舜；老、莊託於傳說中堯、舜以前的人物，一個比一個古，一個壓一個。不託古而變古的只有法家。法家出於「法術之士」⓱，法術之士是以政治為職業的專家。貴族政治崩壞的結果，一方面是平民的解放，一方面是君主的集權。這時候國家的範圍一天一天擴大，社會的組織也一天一天複雜。人治、禮治，都不適用了。法術之士便創一種新的政治方法，幫助當時的君主整理國政，做他們的參謀。這就是法治。當時現實政治和各方面的趨勢是變古——尊君權、禁私學、重富豪。法術之士便擁護這種趨勢，加以理論化。

他們中間有重勢、重術、重法三派，而韓非子集其大成。他本是韓國的貴族，學於荀子。他採取荀學、老學和辯者的理論，創立他的一家言；他說勢、術、法三者都是「帝王之具」⓲，缺一不可。勢的表現是賞罰，賞罰嚴，才可以推行法和術。因為人性究竟是惡的。術是君主駕御臣下的技巧。綜核名實是一個例。譬如教人做某官，按那官的名位，該能做出某些成績來；君主就可以照著去考核，看他名實能相副否。又如臣下有所建議，君主便叫他去做，看他能照所說的做到否。名實相副的賞，否則罰。法是規矩準繩，明主制下了法，庸主只要守著，也就可以治了。君主能夠兼用法、術、勢，就可以一馭萬，以靜制動，無為而治。諸子都講政治，但都是非職業的，多偏於理想。只有法家的學說，從實際政治出來，切於實用。中國後來的政治，大部分是受法家的學說支配的。

古代貴族養著禮、樂專家，也養著巫祝、術數專家。禮、樂原來的最大的用處在喪、祭。喪、祭用禮、樂專家，也用巫祝；這兩種人是常在一處的同事。巫祝固然是迷信的；禮、樂裡原先也是有迷信成分的。禮、樂專家後來淪為儒士；巫祝、術數專家便淪為方士。他們關係極密切，所注意的事有些是相同的。漢代所稱的陰陽家便出於方士。古代術數注意於所謂「天人之際」，以為天道人事互相影響。戰國末年有些人更將這種思想推行起來，並加以理論化，使它成為一貫的學說。這就是陰陽家。

當時陰陽家的首領是齊人騶衍。他研究「陰陽消息」[19]，創為「五德終始」說[20]。「五德」就是五行之德。五行是古代的信仰。騶衍以為五行是五種天然勢力，所謂「德」。每一德，各有盛衰的循環。在它當運的時候，天道人事，都受它支配。等到它運盡而衰，為別一德所勝、所剋，別一德就繼起當運。木勝土，金勝木，火勝金，水勝火，土勝水，這樣「終始」不息。歷史上的事變都是這些天然勢力的表現。每一朝代，代表一德；朝代是常變的，不是一家一姓可以永保的。陰陽家也講仁義名分，卻是受儒家的影響。那時候儒家也在開始受他們的影響，講《周易》，作《易傳》。到了秦、漢間，儒家更幾乎與他們混和為一；西漢今文家的經學大部便建立在陰陽家的基礎上。後來「古文經學」雖然掃除了一些「非常」、「可怪」之論[21]，但陰陽家的思想已深入人心、牢不可拔了。

戰國末期，一般人漸漸感著統一思想的需要，秦相呂不韋便是做這種嘗試的第一個人。他教許多門客合撰了一部《呂氏春秋》。現在所傳的諸子書，大概都是漢人整理編定的；他們大概是將同一學派的各篇編輯起來，題為某子，所以都不是有系統的著作。《呂氏春秋》卻不然；它是第一部完整的書。呂不韋所以編這部書，就是想化零為整，集合眾長，統一思想。他的基調卻是道家。秦始皇統一天下，李斯為相，實行統一思想。他燒書，禁天下藏「《詩》、《書》百家語」㉒。但時機到底還未成熟，而秦不久也就亡了，李斯是失敗了，所以漢初諸子學依然很盛。

到了漢武帝的時候，淮南王劉安仿效呂不韋的故智，教門客編了一部《淮南子》，也以道家為基調，也想來統一思想。但成功的不是他，是董仲舒。董仲舒向武帝建議：「六經和孔子的學說以外，各家一概禁止。邪說息了，秩序才可統一，標準才可分明，人民才知道他們應走的路。」㉓武帝採納了他的話。從此，帝王用功名、利祿提倡他們所定的儒學，儒學統於一尊；春秋、戰國時代言論思想極端自由的空氣便消滅了。這時候政治上既開了從來未有的大局面，社會和經濟各方面的變動也漸漸凝成了新秩序，思想漸歸於統一，也是自然的趨勢。在這新秩序裡，農民還佔著大多數，宗法社會還保留著，舊時的禮教與制度一部分還可適用，不過民眾化了罷了。另一方面，要創立政治上、社會上各種新制度，也得參考舊的。這裡便非用儒者不可了。儒者通曉以前的典籍，熟悉以前的制度，而又能夠加以理想化、理論化，使那些東西秩然有序，粲然可觀。別家雖也有政治社會學說，卻無具體的辦法，就是有，也不完備，趕不上儒家；在這建設時代，自然不能和儒學爭勝。儒學的獨尊，也是當然的。

【注釋】

❶ 語見章學誠《文史通義・言公上》。
❷《論語・衛靈公篇》。
❸《論語・述而篇》。
❹《論語・顏淵篇》。
❺《孟子・公孫丑篇》。
❻《論語・憲問篇》。
❼《淮南子・氾論訓》。
❽《老子》十六章。
❾《老子》三十六章。
❿《老子》四十五章。
⓫《老子》五十七章。
⓬《莊子》〈在宥篇〉、〈天運篇〉。
⓭《呂氏春秋・審應覽・離謂篇》。
⓮ 語見《莊子・秋水篇》。
⓯《荀子・非十二子篇》。
⓰ 語見《韓非子・孤憤篇》。
⓱《韓非子・定法篇》。
⓲ 同前注。
⓳《史記・孟子荀卿列傳》。

⓴《呂氏春秋・有始覽・名類篇》及《文選》左思〈魏都賦〉李善注引《七略》。
㉑何休《春秋公羊經傳解詁序》說《春秋》中「多非常異議可怪之論」。
㉒《史記・秦始皇本紀》。
㉓原文見《漢書・董仲舒傳》。

（錄自朱自清《經典常談》諸子第十）

先秦文學導讀 3

先秦諸子散文

編著：吳宏一
責任編輯：曾淑正
內頁設計：Zero
封面設計：丘銳致
企劃：葉玫玉

發行人：王榮文
出版發行：遠流出版事業股份有限公司
地址：台北市南昌路二段八十一號六樓
郵撥：0189456-1
電話：（02）23926899
傳真：（02）23926658

著作權顧問：蕭雄淋律師
二〇一九年十一月一日　初版一刷（印數：一五〇〇冊）
售價：新台幣四〇〇元

ISBN 978-957-32-8646-2（平裝）

遠流博識網 http://www.ylib.com
E-mail: ylib@ylib.com

國家圖書館出版品預行編目（CIP）資料

先秦諸子散文／吳宏一編著. -- 初版.
-- 臺北市：遠流, 2019.11
面； 公分. --（先秦文學導讀；3）
ISBN 978-957-32-8646-2（平裝）

1. 中國文學史 2. 先秦文學 3. 文學評論

820.901　　108014544